ZORRO：The Curse Of Capistrano

by Johnston McCulley

蒙面俠蘇洛

強斯頓．麥卡利／著
羅亞琪／譯

好讀出版

目錄

Table of contents

第一章　自吹自擂的佩德羅

滂沱大雨再度打在西班牙式[1]的紅屋瓦上，強風呼嘯嘶喊，如同受盡折磨的怨靈，隨著雨點般的火花灑落在堅硬的泥地板上，壁爐吐出陣陣飛煙。

「一個邪惡作亂的夜晚！」佩德羅・岡薩雷斯中士說，將穿著軍靴的大腳伸到熊熊烈火旁，一手抓著劍柄、一手握著盛滿薄酒的酒杯。「魔鬼在強風之中咆嘯、惡靈在雨滴裡頭埋伏！真是邪惡的夜晚，對吧，老闆？」

「沒錯！」胖老闆連忙答應，趕緊斟滿了酒。佩德羅・岡薩雷斯中士若發起脾氣來可嚇人了，而沒有人奉上酒時，他的脾氣總是十分容易爆發。

「邪惡之夜。」壯碩的中士再次說道，一口乾了酒杯，臉不紅、氣不喘。這項技能在這個年代可是備受注目，皇家大道[2]上上下下都曉得他喝酒的壞名聲；這條皇家大道呢，就是將各傳道站連接在一起的道路。

1 本書的場景為今美國加州，加州於十八世紀中期由西班牙殖民，並派遣傳教士至加州傳教，帶來西班牙語言、文化。一八二一年墨西哥自西班牙手中獨立，加州成為墨西哥領土一部分，一直到一八四八年美墨戰爭後才劃入美國所屬。本書時間設定在墨西哥統治時期的加州。

2 皇家大道（El Camino Real），十八世紀時西班牙方濟會傳教士在加州殖民地連接每個傳教站開闢的公路，約有六百英里長（九百六十六公里），北起聖方濟各（今美國舊金山），南至聖地牙哥。

岡薩雷斯伸展四肢，靠火堆更近了些，毫不顧慮其他人會因此少了幾分暖意。佩德羅・岡薩雷斯中士相信（也時常表現出來），一個人在顧及他人利益之前，應該先顧全自己才是。憑著他那魁梧的身材、強大的力氣和優秀的劍術，很少有人敢推翻他所深信不疑的觀念。

屋外，狂風仍舊呼嘯著，傾盆大雨重重擊打著地面。對南加州來說，這是一場典型的二月暴雨。傳道站的修士已將牲口照料好、關上各院所的門；每一座大莊園的莊主家中，都有熊熊火焰在燃燒著；膽怯的土著則躲在泥磚小屋中，慶幸自己擁有一塊棲身之地。

此時此刻，這些懶散坐著的男人正在小酒館的火堆旁通宵取暖，不願面對狂風暴雨。酒館就坐落在洛杉磯鎮的廣場邊，數年後，這小小的村落將會變成一座偉大的城市。

佩德羅・岡薩雷斯中士憑著他的軍階與體型，霸佔著火爐；來自要塞的一名下士和三名士兵則坐在他身後的桌子旁，一邊喝酒、一邊打牌；一位印第安僕人蹲坐在角落，他並未接受修士的宗教，成爲一名新教徒，而是一個異教徒、一個背教者。

原來，現在的傳教活動正逐漸勢微：那些穿著長袍的方濟會修士追隨著聖徒胡尼佩羅・塞拉[3]的腳步，在他於聖地牙哥建立第一個傳教站後，慢慢建立更多的傳教站，使得此地儼然成爲一個帝國。可是，那些擁護政治人物以及在軍隊中居於上位的人，卻和修士時起衝突、紛爭不斷。在洛杉磯鎮的小酒館裡喝酒享樂的這些人，當然不希望有個新教徒在一旁窺視著他們。

就在這時，話題結束了。這讓胖老闆頗爲煩憂害怕，因爲佩德羅・岡薩雷斯中士只有在高談闊論、爭辯鬥嘴的時候，才會與人相安無事、和平相處。要是無話可聊，這位高大的軍人恐怕會想引發爭端，與人大打一架。

岡薩雷斯之前曾有兩次這樣的紀錄，砸壞了許多家具、打傷了許多臉龐。酒館老闆也曾跑去求助於要塞的司令官——雷蒙上校，然而他的屬下只告訴他，上校自己就有一堆麻煩事要處理了，經營酒館可不算在內。

所以，老闆只好戒愼恐懼地看著岡薩雷斯，緩緩走近長桌邊，試圖開啓一個新的話題，免得招惹麻煩。

「村子裡都在流傳，」他說，「那個蘇洛大盜又現身了。」

此話一出，不僅威力出乎意料地強大，其效果更是令人退避三舍。佩德羅・岡薩雷

3 胡尼佩羅・塞拉(Junípero Serra，1713-1784)是十八世記西班牙方濟修會傳教士，是將天主教傳至美洲大陸的先驅。

斯中士將半滿的酒杯重重摔到泥地上，猛然在椅子上挺直身子，並且用他沉重的拳頭大力捶了一下桌子，酒杯、紙牌和硬幣因而散落四處。

下士和士兵被這突如其來的舉動嚇得倒退數步，酒館老闆紅通通的臉頰也瞬間刷白；坐在角落的那名土著悄悄挪往門邊，他寧可選擇狂風暴雨，也不要承受中士的怒氣。

「蘇洛大盜，是吧？」岡薩雷斯怒吼，「難不成我永遠只能聽聞這個名字，沒法見到人？蘇洛大盜是吧？換句話說，就是狐狸大盜[4]！我猜，他大概以爲自己就像隻狐狸一樣狡猾。我的老天，他也和狐狸一樣臭哩！」

岡薩雷斯一時氣結，直挺挺地轉身面對他們，繼續他的長篇毀謗。

「他就像隻在山丘上飛簷走壁的山羊，來回肆虐整條皇家大道！他們告訴我，他戴著一副面罩，劍術絕佳、快如閃電。還用劍尖在對手的臉上，劃上討人厭的字母Z！哈！他們都說那是蘇洛的記號！沒錯，他的確有一把好劍！但是我可不能詛咒那把劍，因爲我從未看過它。他就是不賞臉讓我瞧上一瞧哪！蘇洛大盜從不在佩德羅・岡薩雷斯中士的左右作惡！或許這位蘇洛大盜可以告訴我們原因何在？哈哈！」

他怒目瞪視著眼前的眾人，噘起嘴巴，好讓他那又濃又黑的鬍髭豎起來。

---

4 蘇洛（Zorro）在西班牙文中，意為「狐狸」。

「大家現在都稱他是『卡皮斯特拉諾[5]之禍』。」胖老闆如此說，彎下腰拾起酒杯和紙牌，希望能順手偷到幾枚硬幣。

「是整條大道和所有傳教站的禍害才對！」岡薩雷斯中士大吼，「他是個殺人惡棍，是個盜賊！哈！不就是個普通人，自以爲搶了幾座莊園、嚇了一些婦女和土著，就能獲得英勇的名聲！蘇洛大盜是吧？我倒是很樂意獵捕這隻狐狸！卡皮斯特拉諾之禍，是吧？我知道我平時生活不怎麼檢點，但我現在只希望聖人們[6]答應我一件事：暫且寬恕我的罪過、賜予我恩典，讓我能和這名強盜一決高下！」

「聽說有個獎賞……」酒館老闆說。

「你把我想說的話給搶走了！」岡薩雷斯中士抗議。「總督閣下的確提供了一筆頗爲優渥的懸賞金，送給抓住這個傢伙的人。可是，我的寶劍哪有這麼幸運？當我到聖胡安─卡皮斯特拉諾出任務時，這傢伙卻在聖芭芭拉搗亂；當我在洛杉磯鎮的時候，他竟又跑去聖蓋博的聖路易斯王鎮偷了一大筆錢；而當我在聖蓋博吃飯時，他竟然在聖地牙哥搶劫！簡直就是一隻害蟲！要是給我遇上了……」

岡薩雷斯中士因過於震怒而嗆到。他伸手去拿酒館老闆早已斟滿放在他手邊的酒

---

5 卡皮斯特拉諾（Capistrano）是西班牙於加州殖民時期所設置的教區，即今美國加州橙縣聖胡安・卡皮斯特拉諾（San Juan Capistrano）。

6 基督教中經教會認可並封聖的已故人物。

杯，一口氣乾了裡頭的酒。「嗯，幸好他從未造訪過這裡。」老闆說道，語帶感恩之情。

「胖子，那是有理由的呀！理由可充分囉！因爲我們這裡有座要塞，還有一些士兵！這位蘇洛大盜老是離要塞遠遠的！就像陽光一樣轉瞬而逝——這點我倒不否認，但是實際具備的膽量也像陽光一樣少得可憐哪！」

語畢，岡薩雷斯中士又慵懶地躺回椅子，老闆放心地看了他一眼，暗自希望這個大雨之夜不會有任何酒杯、家具或人臉遭到傷害。

「可是，這個蘇洛大盜一定也有安靜的時候，他總要吃喝拉撒睡的。」老闆說，「他必定有個藏身之處，可讓他恢復精神氣力。哪天士兵必能跟蹤他到他的巢穴去。」

「哈！」岡薩雷斯說，「這傢伙當然要吃喝拉撒睡。對了，他現在說什麼來著？他說他不是眞正的小偷哩，我的老天！他說，他只不過是在懲罰那些沒有善待傳教站人員的傢伙。受壓迫者的朋友，是吧？他最近在聖芭芭拉留下了一張告示，不就是這麼說的？哈哈！這樣一來，他就能得到什麼回報？恐怕就是那些傳教站的修士們給他的庇護、容身之所，還有吃的喝的！徹底搜查任一個穿長袍的修士，包準能找到這個惡棍的下落！如果不能，我就是個好吃懶做的文官！」

「我完全同意你這番話，」老闆說，「我也認爲那些修士很可能會這麼做。但我希望蘇洛大盜永遠別來我們鎮上才好！」

「你這胖子，爲何不讓他來？」岡薩雷斯中士用他那如雷的嗓音大喊著，「不是還有我嗎？我難道沒帶著劍？難不成你是隻貓頭鷹，難不成現在是大白天，所以你只看得見你那又小又歪的鼻樑？我的老天……」

「我的意思是，」老闆開始緊張起來，連忙說道，「我一點兒也不想要被搶啊！」

「胖子，被搶什麼？一罐薄酒和一頓粗飯？笨蛋，你是有幾個錢啊？哈！就讓他來吧！就讓這個膽大包天、狡猾如狐的蘇洛大盜進到這扇門裡、來到我們跟前！就讓他像大家說的那樣，給我們鞠個躬，讓他的雙眼透過面罩閃爍！只要讓我對上這個傢伙，我就能獲得總督閣下提供的優渥懸賞金了！」

「他恐怕不敢冒險來到這麼靠近要塞的地方。」老闆說。

「上酒！」岡薩雷斯吼道，「上酒，胖子！酒錢都算我的！等我拿到獎金，就會全部付清。我以軍人之名承諾！哈哈！要是這個無畏狡猾的蘇洛大盜、這個卡皮斯特拉諾之禍現在就給我踏進這扇門……」

門，突然打開了。

第二章　緊跟著暴風雨而來

一陣夾帶大雨的強風吹了進來，有一名男子站在風雨中。燭火被吹得搖曳不定，其中一根甚至熄滅了。中士吹牛吹到一半，突然有人進來，把他們全都嚇呆了。岡薩雷斯話沒說完便住口，還將他的劍稍稍拔出鞘來。土著趕緊把門關上，將狂風阻擋在門外。

新訪客轉過身來面對他們，胖老闆鬆了口氣。想也知道不會是蘇洛大盜現身；訪客是迪亞哥・維加，一名長相俊美、血統高貴的二十四歲年輕男子。他在整條皇家大道可有名了，因為他對生命中最重要的事情絲毫不感興趣。

「哈！」岡薩雷斯笑了一聲，把劍推回劍鞘。

「各位先生，我是不是嚇著你們啦？」迪亞哥彬彬有禮地小聲問道，一邊環顧偌大的室內，向眼前的人們點頭示意。

「先生，就算你真的嚇到我們，也是因為你緊跟著暴風雨進來的緣故，」中士回答，「你個人散發出的氣勢可不會嚇著任何人。」

「哼！」迪亞哥低聲咕噥，將墨西哥帽和濕透了的披肩丟在一旁。「我聒噪的朋友啊，你的言論可是相當危險呦！」

「你這是在責備我嗎？」

「沒錯，」迪亞哥繼續說，「我的確不擅長許多事情。我不像笨蛋那樣冒著生命危險騎馬奔馳，或和白癡一樣跟每個生面孔打架，或如傻瓜般在每個女人窗前彈吉他。不過，這些被你們認爲是我缺點的行爲，我本就不想去做。」

「哈！」岡薩雷斯笑道，有點不悅。

「岡薩雷斯中士，我們說好了，我可以忽略我們之間天差地遠的出身和背景，和你當朋友，只要你管好你那張嘴巴。你用那些誇誇其談逗我發笑，而我則會買酒滿足你的口腹之慾——這種關係挺不錯的。但是先生，要是你再嘲諷我一次，不管公開還是私下，我就要終結我們的關係。別忘了，我可是有些影響力的……」

「我的好紳士、好朋友，請你大人大量！」驚恐的岡薩雷斯中士說，「你的脾氣比外頭的暴風雨還可怕啊，都因爲我這張嘴不小心又亂說話了。從今以後，要是有人問起，我會說你是聰明機靈、劍術了得，隨時準備應戰或求愛的行動派男人！哈！有誰膽敢質疑？」

他再度半拔出劍來，怒目環視著房間，接著將劍推回劍鞘，回頭大笑，拍拍迪亞哥的肩膀。胖老闆趕緊送上更多的酒，因爲他知道迪亞哥．維加會付帳。

迪亞哥和岡薩雷斯中士之間的奇特友誼是整條皇家大道的話題。迪亞哥來自貴族家庭，其家族統領數千畝廣闊土地、數不清的馬匹牛群以及一望無際的農田。迪亞哥自己也有一座莊園，就像個小型帝國一樣，而他在村子裡也有一棟房子。他以後將從他父親那兒繼承的財產，甚至是他現在所擁有的三倍多。

可是，迪亞哥和當時其他的熱血青年截然不同。他似乎很不喜歡有所作爲。除非是爲裝扮所需，否則他幾乎不會佩戴刀劍；他對所有女士都極爲斯文有禮，從不獻殷勤。

他總是坐在太陽下，聽著其他男人述說各種瘋狂事蹟，並不時面露微笑。他和佩德羅．岡薩雷斯中士在各方面都完全不同，但兩人卻經常在一塊兒。正如同迪亞哥所說，他很享受中士的吹噓和大話，而中士則喜歡享用免費的美酒。還有什麼比這更公平的安排呢？

現在，迪亞哥正站在火堆前烘乾身體，手裡拿著一杯紅酒。他的體格中等，但十分健康英俊。許多自傲的女主人們都很失望，因爲他對她們呵護備至的美麗女孩們總是不屑一顧；她們多希望爲孩子找到理想的歸宿啊！

岡薩雷斯擔心自己觸怒了這位朋友，免費的美酒就要沒了，努力地想要與他言歸於好。

「好紳士，我們剛剛一直在談這位惡名昭彰的蘇洛大盜。」他說，「我們一直在聊這個糟糕的卡皮斯特拉諾之禍，認爲他不過是頭腦機靈了點的蠢蛋，稱作是大道上的害蟲也不爲過。」

「他怎麼啦？」迪亞哥問道，接著放下酒杯、用手掩住一個呵欠。熟識迪亞哥的人都這樣說，他一天要打好幾十次呵欠。

「好紳士，我方才說到，」中士說，「這個蘇洛大盜從不出現在我周圍，我希望聖人們給我機會，哪天來會會他，這樣我就能獲得總督提供的獎賞了。蘇洛大盜是吧？哈！」

「我們就別再談他了，」迪亞哥懇求，從火爐邊轉過身來，舉起一隻手以示抗議。「難道我一天到晚都只能聽見這些血腥和暴力的事？在這亂世當中，有沒有可能聽到音樂和詩詞的智慧之語？」

「天殺的肉泥和羊奶[1]！」岡薩雷斯中士極其輕蔑地哼了一聲。「要是這位蘇洛大盜想要冒著割喉之險，就讓他來。我的老天，那是他自己的脖子哪！這個殺手！小偷！哈哈！」

「我已經聽說很多有關他的事蹟了，」迪亞哥繼續說，「這位大盜的目的十分正派，毋須懷疑。他只搶劫那些偷竊修士和窮人家財產的官員、懲罰那些虐待土著的兇殘之人。據我所知，他沒殺過任何人。中士大人，就讓他在眾人面前小試身手，也未嘗不可呀。」

1 中士用這兩種他討厭的食物作為咒罵的口頭禪。

「我寧願贏得懸賞金！」

「那就去贏吧，」迪亞哥說，「把他抓來。」

「哈！總督的公告上說了，人是死的活的都可以。我自己親自讀過了。」

「那麼，你高興的話，就去勇敢面對蘇洛，把他幹掉。」迪亞哥駁斥道，「完事之後記得告訴我所有的經過啊！但是，現在別跟我講這些。」

「那肯定會是個精彩的故事！」岡薩雷斯叫道，「好紳士，我會一五一十地告訴你，一字不漏！聽我怎樣戲弄他、如何在打鬥時嘲笑他，之後又是怎麼逼近他、解決他……」

「等你做到之後再說，別現在就講！」迪亞哥惱怒地大叫。「老闆，上酒！要阻止這個聒噪的吹牛大王，唯一的方法就是讓他的粗喉嚨灌滿滑溜溜的酒水，沒辦法再吐出任何一句話來！」

酒館老闆趕忙斟滿酒杯。迪亞哥像個紳士般慢慢啜飲著酒，但岡薩雷斯中士卻兩大口就乾了整杯。接著，維加家族的這位公子哥走過椅子，拿起他的墨西哥帽和披肩。

「怎麼？」中士喊道，「紳士，還這麼早就要走啦？你要出去面對那暴風雨的狂襲嗎？」

「我至少還有這麼做的勇氣。」迪亞哥笑著回答，「我從家裡跑來，只是想買一壺蜂蜜。那些笨蛋害怕暴雨，不願從莊園幫我拿一些過來。老闆，給我一壺。」

「讓我護送你安全返家吧！」岡薩雷斯中士如是說，因爲他很清楚迪亞哥家中藏有很棒的陳年老酒。

「你就待在這裡，別離開火邊了。」迪亞哥堅決地說，「我不用要塞士兵的護送，也能穿越廣場。我要去和我的秘書結算帳目，算完後或許還會回來酒館。我要一壺蜂蜜，可以一邊結帳一邊享用。」

「哈！好紳士，你爲何不派秘書來拿蜂蜜就好了呢？要是在這種暴風雨的夜晚，連派差事也沒辦法，何必還要有錢、有僕人？」

「他年紀大了，身體虛弱。」迪亞哥解釋道，「他也是我年邁父親的秘書，暴風雨會害死他的。老闆，給這裡的士兵軍官們端酒來，全都記我帳上！待我整頓好帳目後，我會再回來。」

迪亞哥．維加拿了蜂蜜，將披肩裹在頭上後，打開門、投入外頭的暴風雨和黑暗之中。

「他是個眞男人！」岡薩雷斯叫道，一邊揮舞手臂。「那位紳士是我的朋友，我要所有人都明白這點！他幾乎從不配劍，我甚至懷疑他是否會使劍。但，他仍是我的朋友！就連美麗的小姐向他投射閃爍深意的眼神，也無法動搖他，可是我敢發誓他是個眞男人！

「音樂和詩詞？哈！如果這就是他的興趣所在，他也有權利去追求！他可是迪亞哥．維加先生呀！他可是出身名門，擁有大片土地和裝滿貨物的巨大倉庫哪！他當然有任何自由！他要倒立、要穿裙子，只要他喜歡，有何不可？可是我敢發誓，他是個真男人！」

士兵們附和著他激昂的讚賞之詞，畢竟他們全在喝迪亞哥付帳的酒，而且無論如何也不敢違抗中士的言論。胖老闆又給大家端來了酒，反正迪亞哥會付帳。維加家族的人若是在意於區區一家公共酒館所欠的帳，未免失了體面，所以胖老闆也多次利用這一點撈了不少錢。

「他無法忍受一丁點暴力和血腥的念頭，」岡薩雷斯中士繼續說下去，「簡直就和春天的微風一樣溫文儒雅。但他的手腕強硬、眼神深邃。這就是這位好紳士看待人生的態度。要是我像他一樣的年輕、英俊又富有……。哈！從聖地牙哥到聖方濟各可就會有一群少女心碎囉！」

「還會有許多粉碎的頭顱呢！」下士說。

「哈！還有許多粉碎的頭顱，同袍！我就能夠統治這個國家！沒有小伙子敢擋在我面前。我會拔劍與之搏鬥！敢反抗我佩德羅．岡薩雷斯？哈！我就刺穿你的胳膊！哈哈！刺穿你的肺！」

岡薩雷斯站了起來，將劍拔出劍鞘。他在空中來回舞動長劍，與光影進行戰鬥，時而刺穿、迴避、前戳，時而挺進、閃躲、咒罵，狂笑不已。

「就是這樣！」他在壁爐邊高聲叫道，「現在怎麼樣？你們兩個打我一個？好極了，先生們！我們最喜歡勇夫了！哈！看我刺中你這傢伙！去死吧，野狗！閃邊去，懦夫！」

他蹣跚地靠在牆上，氣喘吁吁，幾乎喘不過氣來。他的劍躺在地板上，整張臉因爲精疲力盡、喝太多酒而脹得紅通通的。下士、士兵和老闆則在一旁觀看這場無人流血的戰鬥，大笑不已；可想而知，佩德羅・岡薩雷斯中士當然是勝利的一方。

「要是這個蘇洛大盜此時此地出現在我面前就好！」中士上氣不接下氣地說。

門，突然又再次打開了。一名男子隨著一陣狂風進到了酒館裡。

第三章　蘇洛大盜造訪

士著快步上前將門關上，阻擋外面的強風，然後又退回到他的角落。這名新訪客背對酒館裡的人。他們看見他將墨西哥帽壓得低低的，彷彿想防止強風吹走，而他的身軀則裹在一件濕漉漉的長大衣裡。

他掀開大衣、甩掉雨水，仍然背對著他們，接著再次裹住身體。胖老闆匆匆走向前，滿臉期待地搓著手，心想這一定是某位紳士剛下了大道，要來花大錢吃飯過夜、讓馬匹休息的。

就在老闆離訪客和大門僅數步遠時，這名陌生男子轉過身來。老闆害怕地小叫了一聲，飛速逃離。下士的喉嚨咕噥幾聲；士兵們倒抽一口氣；而佩德羅・岡薩雷斯中士則是眼睛凸起，下巴都快掉了下來。

站在他們面前的這個男人，臉上戴了黑色面罩，完全遮住了容貌，他的雙眼透過面罩上的兩個孔，露出了凶光。

「哈！看看是誰來了？」岡薩雷斯終於喘了口氣，恢復些鎮靜。

男人向他們鞠了躬。

「蘇洛大盜，聽候差遣。」他說。

「我的老天！蘇洛大盜是吧？」岡薩雷斯吼道。

「你懷疑嗎，先生？」

「你如果眞的是蘇洛大盜，那麼我看你是腦筋有問題了！」中士說。

「此話怎講？」

「你人不是在這裡嗎？你進到酒館來了不是？我的老天，你自投羅網啦，惡棍！」

「先生可否解釋清楚？」蘇洛大盜問，他的嗓音低沉，語氣怪異。

「你瞎了不成？你沒腦袋嗎？」岡薩雷斯反問，「沒看見我在這？」

「那又如何呢？」

「我是一名軍人對吧？」

「你是穿著軍服沒錯，先生。」

「我的老天，那麼你難道沒看到這位下士以及我們的三位同袍？你是要來交出那把萬惡之劍、向我們投降的嗎？是不是打算金盆洗手了？」

蘇洛大盜笑了，但不是那種令人不舒服的笑；他的視線不曾離開岡薩雷斯。

「可以確定的是，我並非來投降的，」他說，「我有任務在身，先生。」

「任務？」岡薩雷斯問。

「先生，四天前，你殘忍地毒打了一個不討你喜歡的土著。那件事正好發生在這個村子與聖蓋博傳教站之間的路途上。」

「他是條目中無人、擋我去路的狗！這又與你何干，惡棍？」

「我是受壓迫者的朋友，先生，我要來懲罰你。」

「笨蛋，你要來懲罰我？就憑你？把你幹掉前我就會先笑死了！蘇洛大盜，你這傢伙死了最好！總督閣下提供了豐厚的獎金要賞你的人頭！倘若你還有信仰，就快點唸禱詞吧！我可不希望別人說，我沒給罪人懺悔的時間就把他殺了！我給你一百下心跳的時間。」

「你眞慷慨啊，先生，但是我根本不需要禱告！」

「那麼我只好執行我的責任了，」岡薩雷斯說，舉起了劍把。「下士，請你留在桌邊，士兵們也是。這個傢伙還有懸賞金都是我的！」

他小心地前進，不敢低估對手，因爲許多傳聞都說蘇洛的劍術十分了得。當他進入適當距離時，卻突然猛地向後退，彷彿有一隻蛇對他做出了警告。

原來，蘇洛大盜一隻手伸進大衣裡，拿出了一把槍，也就是岡薩雷斯中士最厭惡的武器。

「退後，先生！」蘇洛大盜警告他。

「哈！所以這就是你逞兇鬥狠的方法！」岡薩雷斯叫道，「你帶著惡魔的武器，用它來威脅人們！這種東西只有在遠距離作戰或者對抗下等敵人的時候才會使用，君子用的是可靠的長劍！」

「退後，先生！你所謂的惡魔武器可是會致命的。我不想再警告第二次。」

「有人告訴我你是個勇敢的人，」岡薩雷斯嘲弄地說，往後退了幾步，「傳言你會面對面和任何人鬥劍。我還相信你眞是如此呢。可是現在，我發現你使用這種只適合用來對付紅皮膚土著的武器！先生，難不成你喪失了我所聽說的那份勇氣了？」

蘇洛大盜又笑了。

「關於這點，你待會就可以親眼目睹了。」他說，「此刻，槍枝的使用是必要的。因爲先生，我發現在這家酒館裡，似乎有很多人要與我作對。我很樂意與你鬥劍，但我必須確保我這麼做時沒後顧之憂才行。」

「我可等不及了。」岡薩雷斯冷笑一聲。

「下士和士兵們退到那個遠遠的角落去，」蘇洛大盜命令，「老闆，你也和他們一起。土著也要過去那兒。還不快點，各位先生。謝謝你們。當我懲罰這位中士的時候，可不希望有人來打擾我。」

「哈！」岡薩雷斯憤怒叫道，「我們很快就能看看是什麼懲罰了，你這狐狸！」

「我會左手持槍，」蘇洛大盜繼續說，「並用右手正正當當和這位中士比劃。我會一邊打鬥一邊注意你們，要是你們有人有所動作，我就開槍。我很會用這種你們稱爲惡魔武器的東西，一旦我開槍了，有人將不復存在於這個世上。明白沒有？」

下士、士兵們和老闆吭也不敢吭一聲。蘇洛大盜再次直視岡薩雷斯的雙眼，然後輕輕笑了一聲。

「中士，請轉過身，讓我拔劍，」他命令道，「身爲一名紳士，我向你保證絕對不會偷襲你。」

「身爲一名紳士？」岡薩雷斯冷笑。

「我已經說過了，先生！」蘇洛回答，語氣透著威脅。

岡薩雷斯聳聳肩，轉過身。不一會兒，他聽見大盜說：

「先生，當心了！」

第四章　刀光劍影與佩德羅的僞故事

岡薩雷斯聽到此話，立刻轉過身來，舉起長劍。蘇洛大盜已經拔出劍，左手將槍枝高舉過頭。此外，蘇洛大盜還在咯咯輕笑，讓中士十分惱火。雙方開始鬥劍。

岡薩雷斯中士與人交戰時，習慣對方時而退卻、時而進攻的模式。對手會四處移動，尋找可趁之機，一下子前進、一下子後退、一下子又會左右搖擺，憑著自己的劍術行動。

但是現在，他對上了一個戰鬥方式大不相同的敵手。蘇洛大盜看起來就好像固定在一個位置，完全無法將臉轉向似的。他沒有退後任何一步，也沒有前進或是往兩邊挪。

岡薩雷斯和平常一樣，攻擊十分狂烈，但是對方卻巧妙地閃過他的劍尖。於是他只好謹愼點，使出他所知道的招數，但卻無濟於事。他試圖繞過眼前這名男子，但是對方的長劍卻將他逼退；他嘗試後退，希望藉此把對方引出來，可蘇洛大盜就只是站穩地盤，迫使岡薩雷斯再度攻擊。這名強盜，什麼也沒做，只是一個勁地防禦。

岡薩雷斯氣炸了，因爲他知道下士很妒忌他，明天他一定會將這場戰鬥的經過傳遍全村，接著流傳到皇家大道的每個角落。

他猛烈地攻擊，想要讓蘇洛大盜移動腳步，結束這一切。但是，他就好似在攻擊一面石牆，長劍被彈到一邊，胸膛撞上了對手身上，蘇洛大盜卻只是甩開他，讓他倒退了好幾步。

「進攻吧，先生！」蘇洛大盜說。

「惡棍小偷，你自己先進攻了再說！」中士氣惱地大叫，「蠢人，別像座山一樣光是站著不動！難道移動腳步會違反你的信仰？」

「你激不了我的。」大盜笑著回答。

岡薩雷斯中士這時發現到，自己一直處於憤怒的情緒之中，而他知道一個憤怒之人用劍交戰時，是比不上一個情緒平穩的人的。現在，他變得冷靜至極，瞇起雙眼，所有的自以爲是都已不見蹤影。

他再次展開攻擊，不過現在的他已起了警戒之心，努力搜尋對手的防衛疏漏之處，以在不給自己造成麻煩的情況下一劍刺穿。他一生中從未這樣擊劍過。他怪自己爲何要吃飽喝足，使得呼吸變得如此沉重。他從正面、兩側不停進攻，卻屢屢被反推回去，所有招數幾乎在他使出前就被化解了。

當然，他一直看著對手的眼睛，現在他看見那雙眼的眼神改變了。原先它們透過面罩流露出嘲諷之情，現在卻瞇了起來，散發熊熊火光。

「已經玩夠了，」蘇洛大盜說，「是時候懲罰你了！」

他突然開始逼近，一步步迫近，不疾不徐、有條有理地向前進，迫使岡薩雷斯後退。他的劍尖就像一顆吐出了上千條蛇信的蛇頭。岡薩雷斯覺得自己被對手所擺佈，但他咬緊牙關，試著控制住自己、繼續戰鬥。

現在，他背對著牆壁，而蘇洛大盜的姿勢卻仍可使自己一邊作戰、一邊注意著角落那些人的動靜。他知道這個盜賊正在玩弄他。他已準備嚥下自尊，呼叫下士和士兵前來援助。

此時，門口突然傳來了連續的撞擊聲——士著先前把門給門上了。岡薩雷斯內心一陣雀躍。有人正在門外想要進來！不管那人是誰，一定會覺得事情不尋常，因爲胖老闆和他的僕人竟然沒馬上開門迎客。援手或許就要來了！

「先生，有人打斷我們了。」大盜說，「很遺憾，我沒有時間給你應有的懲罰，只好擇日再訪。而你，簡直不值得我來第二次！」

大門的撞擊聲更大了。岡薩雷斯拉開嗓門：「哈！蘇洛大盜在這裡啊！」

「你這懦夫！」大盜喊道。

他的長劍似乎注入了新活力，以一種令人眼花撩亂的速度來回猛攻。搖曳的燭光投射無數光芒在劍身上，卻又被反射到各處。

突然之間，蘇洛刺入長劍，並且使之彎成弧形，岡薩雷斯中士察覺手中緊握的劍被扯離、飛到半空中。

「啊呀！」蘇洛大盜大叫。

岡薩雷斯等著受到致命的一擊。他的喉頭發出一聲嗚咽，覺得自己的生命已到盡頭，無法像每位軍人所希望的那般戰死沙場。但是，沒有金屬插進他的胸膛、放乾他的血液。

蘇洛大盜放下左手、將劍柄換到另一手，和手槍握在一起，接著再用右手摑了佩德羅・岡薩雷斯一巴掌。

「這一掌打的是虐待無助土著的惡人！」他說。

岡薩雷斯大吼一聲，感到又怒又羞。門外的人現在試圖破門而入，但是蘇洛大盜好像毫不在意。他往後跳，迅雷不及掩耳地將長劍收進劍鞘。他將手槍拿在胸前，威脅室內所有的人都不准動。接著跑到一扇窗前，跳上椅子。

「先生，後會有期！」他叫道。

然後，他就像一隻跳下懸崖的山羊般，帶著窗簾一躍而下。狂風暴雨吹了進來，蠟燭全熄滅了。

「快給我追！」岡薩雷斯尖聲叫道，衝到長劍掉落之處，將之拾起。「快開門去追他！別忘了優渥的賞金！」

下士第一個衝到門邊，甩開門。兩個鎮上的人踉踉蹌蹌跌了進來，他們急著想喝酒，也想知道門爲何鎖上了。岡薩雷斯中士一夥人跑出門奔向暴風雨中，留下在地上笨拙爬行閃躲的兩人。

但他們這麼做根本無濟於事。天色實在太黑，根本看不清一匹馬之外的距離。滂沱大雨幾乎立刻就將任何的腳印足跡給沖刷掉。蘇洛大盜不見蹤影，沒人知道他往哪去了。

當然，村裡的男人也加入了他們，造成了一陣混亂。岡薩雷斯中士和士兵們回到酒館時，發現裡頭擠滿了他們的熟人。岡薩雷斯中士也很清楚，自己的名聲危在旦夕。

「只有盜賊、惡棍和小偷才會做出這檔事！」他大聲喊道。

「怎麼說呢，英勇的中士？」人群中，一個靠近門邊的男人開口問。

「這個蘇洛大盜當然知道！幾天前我在聖胡安－卡皮斯特拉諾擊劍的時候，不小心弄斷了用劍慣用手的大拇指。這件事肯定是傳到蘇洛大盜耳裡了。而他就挑在這時候找上門來，這樣他之後就能說他擊敗了我。」

下士、士兵們和酒館老闆瞪著他，但是沒人敢說話。

「先生們，那些當時在場的人都可以告訴你們。」岡薩雷斯繼續說，「這個蘇洛大盜從大門進來，立刻就從大衣裡掏出一把槍——惡魔的武器！他把槍秀出來，對著我們，強迫除了我以外的其他人全都退到那個角落。但我不肯照做。

「『那就和我打一場吧，』這個大盜說了。於是我就拔出劍來，打算了結這隻害蟲。結果他說什麼來著？

「『我們來打一場，』他說，『我一定能打贏你，之後便可以四處炫耀。我的左手可是拿著手槍，要是你的攻擊不合我意，我就開槍，然後將你刺穿，了結一位中士。』」

下士倒抽了一口氣，胖老闆正準備張口說話，但想想還是算了，因爲岡薩雷斯中士正怒目瞪視著他。

「這簡直是魔鬼的作爲！」岡薩雷斯說，「我打算一戰，可是如果我太過緊逼，身上就會多出不少惡魔的鉛彈。這簡直太可笑了嘛！完全可以看出這個盜賊的本性。哪天他沒帶槍時給我碰上的話……」

「可是，他是怎麼逃走的？」有個人問。

「他聽見了門口傳來的聲音。拿著那惡魔的槍枝要脅，逼我將劍丟到那個遙遠的角落。他威脅我們所有人，跑到窗戶旁跳下去。我們怎麼可能在這片黑暗中找人，或在這種大雨中追蹤他的足跡？但是，我現在已經下定決心了！明天一早，我就要去找雷蒙上校，請他批准取消我其他勤務，讓我帶些人去追捕這個蘇洛大盜。哈！我們要去獵狐狸囉！」

門邊那群興奮的人們突然散開，迪亞哥．維加匆匆進到酒館裡。

「這些噪音是怎麼一回事？」他問，「大家都說蘇洛大盜來過這裡。」

「我的好紳士，一點也沒錯！」岡薩雷斯回答。「我們今天晚上正好就在這兒談論這個惡棍。要是你留在這裡，沒回家和秘書算帳，就能目睹整件事情了。」

「你當時不是在嗎？你可以告訴我整個經過呀！」迪亞哥說，「但是拜託別把故事講得太過血腥。我不懂男人爲何總是要那麼暴力。那盜賊的屍體在哪？」

岡薩雷斯嗆了一下；胖老闆別過頭藏住笑容；下士和士兵們忙著撿酒杯，以免在這危險時刻遭殃。

「他……呃，沒有什麼屍體。」岡薩雷斯勉強說完。

「別謙虛了，中士！」迪亞哥大叫，「我不是你的朋友嗎？你不是答應我，要是遇到這個惡棍，一定會告訴我整個故事的？我知道你或許是顧慮我的感受，知道我不喜歡暴力，但是我還是很想知道這一切，因爲你——我的朋友——和這個傢伙交手過。賞金有多少呀？」

「我的老天！」岡薩雷斯啐道。

「快啊，中士！把故事說出來！老闆，給我們全部的人上酒，我們要好好慶祝這件大事！中士，快說說呀！現在你有了這些懸賞金，乾脆離開軍隊，買個莊園、討個老婆如何？」

岡薩雷斯中士又嗆了一下，連忙摸索著酒杯。

「你答應我，」迪亞哥說下去，「你會一五一十地告訴我，一字不漏。老闆，他是這樣說的對吧？你還說，你會詳述你怎樣戲弄他、如何在打鬥時嘲笑他，之後又是怎麼逼近他、解決他……」

「我的老天！」岡薩雷斯中士吼道，嘴裡吐出的字句好比宏亮的雷聲。「沒人可以忍得了這個！你、迪亞哥，我的朋友……」

「在這種時刻謙虛，一點也不像你。」迪亞哥說，「你答應告訴我，我就洗耳恭聽。這個蘇洛大盜長什麼模樣？你有沒有偷看面罩下的那張臉呢？會不會是我們認識的人？你們都沒有人可以跟我說說這些事嗎？一個個站在這裡不發一語，像幅畫像似的……」

「給我酒，不然我要嗆死了！」岡薩雷斯喊道。「迪亞哥，你是我的好朋友，誰要敢輕視你我就跟誰作對！但是今晚請別太過頭了……」

「我很不解，」迪亞哥說，「只不過是要你告訴我這場戰鬥的始末：你是怎麼在作戰時戲弄他的；又是如何隨心所欲將他逼退，並解決他、結束戰鬥……」

「夠了！我是那種乖乖被嘲弄的人嗎？」中士叫道。他乾了酒，將酒杯遠遠撇到一邊去。

「難不成你沒有贏過他？」迪亞哥問，「可是這個盜賊肯定沒法在你面前逞威風的呀，我的中士。戰鬥結果是？」

「他有把手槍……」

「那你怎麼沒有奪走他的槍，往他喉嚨開一槍？可能你就是這麼做的吧！我的中士，更多酒來了，喝！」

但，岡薩雷斯中士卻穿過門邊的人群。

「我可不能忘記我的勤務！」他說，「我得趕去要塞，向司令官報告這件事情！」

「可是中士……」

「至於這個蘇洛大盜，我總有一天一定會拿他的肉餵我的劍！」岡薩雷斯發誓。

然後，他一邊咒罵著，一邊衝進大雨，這可是他生平第一次讓勤務打斷自己的興致，並且從美酒中離開。迪亞哥．維加微笑著轉向壁爐。

第五章　一大早的騎馬之行

隔天早上，暴風雨已停歇，天空中沒有任何一朵雲破壞這片完美無瑕的湛藍。太陽很大，棕櫚葉在陽光底下閃閃發光，從海上吹進山谷的風則令人神清氣爽。

這天早上，迪亞哥．維加走出了他在鎮上的那間房子，戴著騎馬的羊皮手套。站在門口，瞥了廣場對面的小酒館一眼。一名印第安僕人從屋後領了一匹馬來。

雖然迪亞哥不會像白癡一樣，在山丘上和皇家大道來來回回騎馬奔騰，但他卻有一匹還不賴的馬。這匹馬精力旺盛、速度飛快、耐力絕佳，有許多熱血年輕的小伙子想買下牠，但迪亞哥不需要額外的錢，而且也想留著這隻牲畜。

他的馬鞍十分笨重，表面銀製的部分比皮製的部分還要多；馬勒同樣鏤刻了大量的銀質線條，側邊則是懸掛了許多鑲有寶石的皮革小球，在大太陽下散發耀眼光芒，彷彿是在向全世界宣傳迪亞哥的財富和聲譽。

迪亞哥上了馬，許多在廣場上閒蕩的人們看著他，努力掩飾笑意。在那個時代，年輕人跳上馬鞍、握好韁繩、用馬刺一踢馬腹，並且一下子消失在塵土飛揚中，是很常見的。

可是，迪亞哥上馬時就和他做其他事情一樣——慢條斯理、毫無精神。土著捧著馬鐙，迪亞哥便插入他的靴尖。接著，他用單手拿著韁繩，使勁地蹬上了馬鞍。

做完這麼費力的動作之後，土著捧著另一隻馬鐙，幫迪亞哥放入另一隻靴子，接著退後。迪亞哥發出輕柔的咯咯聲，哄著這匹駿馬，讓牠開始起步，沿著廣場邊緣慢慢散步，朝著通往北方的小徑出發。

來到小徑後，迪亞哥開始讓馬快步前行，就這樣騎了約一英里的路之後，更讓牠稍稍奔馳起來，接上了大道。

沿途，可以看見男人們正在土地上和果園裡忙碌工作著，土著則在照料牲畜。迪亞哥時不時會經過載運木材的貨車，並和車上的人打招呼。有一次，一個他認識的年輕男子飛快地經過他身邊，往鎮上的方向騎去，迪亞哥只得在那名男子走了之後，停下馬來，拍掉衣服上的塵土。

在這個晴朗的早晨，這一套衣服看起來比平常更加華麗。只要打量一下，就能看出穿著此服裝者的財富和地位。迪亞哥在穿著這套衣裳時，可是相當地用心。他因爲僕人沒有將他最新的披肩壓得恰到好處，而責備他們，並且花了很多時間擦亮他的靴子。

他騎了四英里之遙，接著駛離大路，轉進一條狹小且多塵土的道路，通往遠方靠著山丘而矗立著的建築群。迪亞哥·維加打算前去拜訪卡洛斯·普利多的莊園。

過去幾年間，這位卡洛斯先生的生活歷經了許多巨大的興衰變化。曾經，他與迪亞哥的父親在地位、財富和家世上，可謂並駕齊驅。然而，他在政治上卻犯了大錯、選錯了邊，遼闊的土地因此被奪走一部分，徵稅人員還經常以總督的名義打擾他。最後，他原先的財富僅剩下一點，但是全都是繼承自高貴的血統。

這天早上，卡洛斯先生坐在莊園的外廊，沉思著這個時代的種種——他一點也不喜歡這一切；他的妻子卡塔琳娜夫人，他從年輕一直到老時的甜心寶貝，則在家裡指揮僕人；他的獨生女蘿莉塔小姐也在屋內，一邊撥弄吉他絃、一邊做著十八歲少女的幻夢。卡洛斯抬起他那白髮蒼蒼的頭，望向那又長又曲折的道路，看見遠方有一小團飛揚的塵土。這團塵土告訴他，有一位騎士正在接近莊園，他很害怕又是徵稅人員來了。一隻手放在眉目上方遮光，仔細地看著來者是何方神聖。他注意到騎士騎馬的悠閒步調，胸口突然湧現一絲希望，因爲他看見了陽光反射出馬鞍和馬勒上的銀製部分。他很清楚，軍方的人在值勤時是不可能使用如此貴重的馬具的。

現在，騎士已經轉了最後一個彎，可從外廊清楚地看見其人。卡洛斯揉揉眼睛，定睛再看了一眼，落實了心中的猜測。即使在這麼遠的距離，這位年邁的先生仍能認出騎士的身分。

「是迪亞哥．維加！」他輕聲說，「祈求聖人保佑，讓我的財運終於能夠翻身！」

他知道迪亞哥可能只是剛好路過，前來拜訪，但是光憑這一點就意義重大。如果維加和普利多兩個家族交好的訊息流傳開來，那些政治人物在騷擾卡洛斯之前，就會三思而行，因爲維加家族掌控了許多土地權。

卡洛斯拍了拍手，一名土著匆匆從屋裡跑出來。卡洛斯交代他拉下遮棚，別讓太陽照進外廊裡來，並且拿出餐桌和椅子，趕緊準備一些點心和美酒。

他也叫人傳話給屋內的女士們，告訴她們迪亞哥・維加要來了。卡塔琳娜的心中開始唱起歌來，而她的確也開始輕快地哼著小曲；蘿莉塔則跑到窗邊，看著道路。迪亞哥停在外廊前的台階，一名土著已在那兒等著照顧他的馬匹，而卡洛斯則親自走下台階等著他，手伸出來歡迎客人。

「迪亞哥先生，很高興看到你來到寒舍作客。」迪亞哥邊走上前、邊脫掉手套時，他說。

「這段路眞是又遠風沙又大，」迪亞哥說，「騎著馬來到這麼遠的距離，眞是累死我了。」

卡洛斯聽到此話，差一點失態笑了，因爲才騎馬騎了四英里路，絕對不會累到一名熱血青年才是。不過他想起迪亞哥毫無生氣的性情，所以就沒笑出來，以免激怒他。

他領著迪亞哥來到外廊陰涼的一角，並送上酒和蛋糕，等著這位客人開口說話。在當時，女人家必須待在屋內，除非客人問起或者一家之主叫喚她們，否則是不能夠露臉的。

「洛杉磯鎮一切可好？」卡洛斯問，「我已經好久沒去那裡了。」

「一如往常，」迪亞哥說，「只是昨晚那個蘇洛大盜入侵酒館，和強壯的岡薩雷斯中士打了一場。」

「哈！蘇洛大盜是吧？所以結果如何？」

「關於這件事，雖然中士的嘴巴很不老實，」迪亞哥說，「但我已從一名當時在場的下士口中得知，蘇洛大盜耍了中士一番，最終迫使了中士的劍脫手，然後從窗戶跳出，在雨中逃走了。他們找不到他的蹤跡。」

「眞是機智的惡棍。」卡洛斯說，「至少我不需要怕他。我想，皇家大道上上下下都曉得，總督的手下早已奪走我幾乎全部的財產了。我預料他們接下來將沒收我的莊園。」

「嗯。這種事不該發生啊！」迪亞哥說，語氣比平常還激動。

卡洛斯的眼睛一亮。要是迪亞哥．維加替他感到不平，要是鼎鼎大名的維加家族當中，有人在總督的耳邊說上幾句，迫害就會立刻終止，因爲所有階級的人都得遵守維加家族任何一人的命令。

第六章　迪亞哥討老婆

迪亞哥慢慢啜飲著酒，望著外頭的平頂山。卡洛斯疑惑地看著他，他知道有什麼事就要發生，但卻渾然不知會是什麼。

「我在這該死的大太陽下風塵僕僕地騎馬來到這裡，不是要告訴你有關蘇洛大盜或其他盜匪的事。」過了一陣子，迪亞哥說道。

「好紳士，不管你為何而來，我都樂意歡迎你們家的任何人。」卡洛斯說。

「昨天早上，我和父親聊了許久，」迪亞哥繼續說，「他提醒我，我已經年近二十五，但他覺得我沒有好好地履行我的責任與義務。」

「可是……」

「噢！他當然會知道。我父親可是個智者。」

「迪亞哥，這點無人會反對。」

「他督促我喚起責任心，並且做我該做的事。我好像一直在做白日夢。像我這樣有錢有勢的人——請原諒我這麼說——必須做到某些事。」

「先生，這是地位注定帶來的呀。」

「我是他的獨子，所以在他死後，自然會繼承他的遺產。這部分是無庸置疑的。但我死後要怎麼辦？我父親這麼問我。」

「我能明白。」

「他跟我說，像我這個年紀的青年應該討個老婆，給家裡找個女主人，並且應該留有子嗣，好繼承並傳下家族的名聲。」

「一點兒也沒錯。」卡洛斯說。

「所以我決定討個老婆。」

「哈！迪亞哥，這是每個男人都該做的事。當年追求卡塔琳娜的經過，我還記得清清楚楚哩。我們瘋狂地想要緊擁彼此，但是她的父親曾一度不讓她見我。不過我當時也才十七歲，所以他這麼做或許是對的。但是你已經要二十五歲了呀，不管怎樣都得娶個老婆。」

「所以我才來見你。」迪亞哥說。

「來見我？」卡洛斯喘著氣說，心中既是害怕又是期盼。

「我覺得愛情啊，婚姻啊，這些無趣的事情其實就是一種必要的麻煩罷了。試想：一個理智之人追在女人後頭跑、爲她彈吉他、像個無賴一樣巴結她，而且所有人都知道他的意圖！然後還有婚禮！身爲有錢有勢的人，我猜我的婚禮一定會相當豪奢，當地土著都會飽餐一頓，還有其他有的沒的，就只因爲一個男人娶了個新娘來做家中的女主人！」

「大部分的年輕人，」卡洛斯說，「都很高興贏得女人心呢！如果能舉辦一場盛大又上流的婚禮，也會很驕傲的才對。」

「沒錯。但是這一切不過是件可怕透頂的麻煩事。但我會熬過去的，先生。你也知道，這是我父親的希望。雖然你——請再次原諒我這麼說，你在這黑暗的時代栽了個跟斗，但那當然全是因爲政治因素。不過先生，你的身世依然很好，是這個地方最好的。」

「謝謝你還記得這個事實。」卡洛斯說，起身將一隻手放在胸口，鞠了個躬。

「這一點大家都知道呀，先生。所以，維加家的人要娶妻，自然得要找個家世優良的女子。」

「這還用說！」卡洛斯叫道。

「你有一個獨生女，蘿莉塔小姐。」

「啊！沒錯，先生。蘿莉塔現在十八歲，是個美麗又有教養的女孩，請容她的父親這麼說。」

「我一直有在傳教站和鎮上觀察她，」迪亞哥說，「她的確很美麗，我也聽說她十分有教養。憑著她的出身和家教就能肯定。我想，由她來管理我的家，會是個很適當的人選。」

「先生？」

「先生，這就是我今天來拜訪你的目的。」

「你……你這是在詢問我，是否可以追求我那美麗的女兒？」

「是的，先生。」

卡洛斯高興得眉開眼笑，再次起身，彎下腰來緊緊握住迪亞哥的手。

「她是朵美麗的花，」他說，「我想看她結婚，而且一直對於此事有些焦慮，因爲我不希望她嫁入一個配不上我們家族的家庭。但是若說到維加家，自然就沒有這個問題了。先生，你得到我的允許了。」

卡洛斯開心極了。他的女兒要和迪亞哥·維加結爲連理！只要這段婚姻一實現，他的財富就會回來了。他就能再一次恢復他的重要地位、變得有權有勢！

他叫一位土著將妻子找來，不消幾分鐘，卡塔琳娜夫人便來到了外廊迎接貴客。她的雙頰發光，因爲她聽到了整個對話。

「迪亞哥給了我們極高的榮幸，他問我是否可以追求我們的女兒。」卡洛斯解釋道。

「你同意了對吧？」卡塔琳娜問道；當然，若是開心得手舞足蹈，可就太不得體了。

「我已經同意了。」卡洛斯回答。

卡塔琳娜伸出手來，迪亞哥只是慵懶地握了一下，便放開了。

「這會是樁令人驕傲的婚事，」卡塔琳娜說，「先生，我由衷希望你能贏得芳心。」

「關於這點，」迪亞哥說，「我相信絕對不會有那些過頭的空洞話語。這位女士不是接受我當她的丈夫，並嫁到我家來，就是不要接受，如此而已。如果我在她窗前彈奏吉他，找機會握住她的小手，或是將手放在胸前嘆氣，難道就會改變她的心意？我希望娶她爲妻，不然我就不會大老遠騎馬來此，問她父親的意願了。」

「我……我……這是當然。」卡洛斯說。

「啊，先生，可是女孩家總是喜歡被追求的。」卡塔琳娜說，「先生，這是她的權利呀。受人追求的那些時光，她將會一輩子牢牢記著。她會記得她的愛人所說的甜言蜜語，還有第一個吻，還有兩人站在溪邊、彼此對望的時候，以及他們騎著馬，而她的馬突然暴衝時，他對她流露出的擔憂害怕……，諸如此類事情，先生。

「求愛就像一場小遊戲，從創世之初人們就開始玩了。你說愚蠢嗎？或許冷靜理智的人看起來是如此。但是不管怎樣，卻很令人愉悅。」

「我對這種事一無所知，」迪亞哥抗議道，「也從不跑來跑去向女人求愛的。」

「先生，你要娶進門的女子，將會樂於接受你求愛的。」

「你們認爲我非得做這些事情？」

「噢！」卡洛斯說，深怕失去這位有權有勢的女婿，「稍微表示一下，也無傷大雅呀！女孩家就算已下定決心，還是喜歡被人爭取的感覺。」

「我有一個僕人，他是個彈吉他能手。」迪亞哥說，「今天晚上我會吩咐他來到這裡，在小姐的窗前彈奏。」

「你不親自來嗎？」卡塔琳娜倒抽了一口氣。

「要我今晚再騎馬來這裡，就在海上吹來陣陣冷風的時候？」換迪亞哥倒抽了一口氣，「我會冷死的！而且，我的僕人吉他彈得比我還好。」

「眞是奇了！」卡塔琳娜喘著氣說，內心對於凡事都要合宜適當的認知不禁翻騰洶湧起來。

「就讓迪亞哥做他想做的吧！」卡洛斯勸她。

「我原本以爲，」迪亞哥說，「你們會安排好一切，再通知我何時結婚的。當然，我會把房子安頓好，再多添幾個僕人。或許我會買一輛大馬車，和我的新娘一同開去聖芭芭拉，拜訪當地的一位朋友。你們有沒有可能替我打理好其他事情？只要傳個訊息，告訴我婚禮預定何時舉辦就好了。」

卡洛斯・普利多現在也有點惱火了。

「好紳士，」他說，「當年我追求卡塔琳娜的時候，她總是使我如坐針氈、患得患失的。她可能哪天皺著眉頭，隔天卻又笑容滿面。這些情緒能爲整件事情增添情趣。如果可以重來，我也不想要改變這些。先生，倘若你不親自求愛，將來一定會後悔的。你現在想不想見見這位小姐？」

「我想這是一定要的。」迪亞哥說。

卡塔琳娜轉身走進屋內，去將她找來。她很快來了：長相秀麗嬌小，一雙漆黑大眼閃爍不定，烏溜溜的長髮盤成一條繞在頭上，而那小巧的腳丫子則從鮮亮的裙襬底下露了出來。

「很高興再次見到你，迪亞哥。」她說。他欠身牽起女孩的手，帶她到一張椅子上。

「你就和我上次見到你時一樣美麗。」他說。

「永遠要說她比你上次見到她時『還要』美麗！」卡洛斯呻吟著說，「啊！眞希望我可以恢復青春，重新求愛！」

他藉故離席，進到屋子裡。卡塔琳娜則坐到外廊另一頭，讓他們兩個人好好說話，不會被她聽見，但是仍可近身觀察，畢竟這是一個好的女監護人該做的。

「小姐，」迪亞哥說，「今天早上我詢問令尊是否可以娶你爲妻。」

「噢，先生！」女孩倒抽一口氣。

「你覺得我會不會是個好丈夫？」

「爲何這麼問呢？我……這實在是……」

「小姐，只要告訴我是不是就行了，這樣我就能告訴家父，而令尊、令堂則可以負責打點婚禮的一切。他們可以派個土著傳話給我；在完全沒有必要時出外騎馬，總是讓我累得半死。」

這時，蘿莉塔小姐美麗的雙眼開始閃爍著警訊，但迪亞哥顯然沒發現。因此，他一個箭步地投入毀滅之中。

「你願意做我的妻子嗎，小姐？」他問，稍稍朝她彎下腰。

蘿莉塔小姐的臉氣得通紅，她從椅子上跳起來，緊握拳頭。

「迪亞哥・維加，」她回答，「你雖出身貴族，擁有龐大財富，且未來會繼承更多遺產，但是先生，你一點活力也沒有！這就是你所認爲的求愛和浪漫嗎？難道你連在平坦的道路上騎四英里路，好見上你想娶的女子一面，都懶得做？先生，你的腦袋裡究竟裝了些什麼？」

卡塔琳娜聽見此話，趕緊從外廊的那一頭跑向他們，對女兒打手勢，但蘿莉塔小姐卻假裝沒看到。

「想要娶我的男人，一定要向我示愛、爭取我的心，」她繼續說，「他一定要打動我的心才可以。你以爲我是那種黑皮膚的土著村姑，只要有人開口就獻身給對方？要成爲我的丈夫，這個男人必須是個具備活力的眞男人！叫僕人來我的窗前彈吉他？先生，我都聽見啦！叫他來啊，先生，我會倒滾水在他頭上，褪去他的紅皮膚！再見，先生！」

她驕傲地甩過頭，撩起絲綢製的裙子，與他擦肩而過，進到屋內，毫不理會她的母親。卡塔琳娜哀叫了一聲，感到希望全無。迪亞哥・維加看著小姐的背影消失在屋裡，若有所思地抓了抓頭，望向他的馬兒。

「我……我覺得她好像很氣我啊！」他怯怯地說。

第七章　和迪亞哥完全不同的男人

卡洛斯馬上匆匆忙忙跑至外廊，努力安撫難堪至極的迪亞哥・維加；他一直在屋裡偷聽，所以知道發生了什麼事。雖然內心驚嚇不已，他仍試圖擠出微笑，息事寧人。

「女人總是反覆無常又容易東想西想的，先生。」他說，「有時候，她們所生氣抱怨的對象，實際上就是她們所愛的那一個哪。女人心，海底針——她們自己也沒法好好解釋自己的心哩。」

「可是……我眞的不明白，」迪亞哥倒抽一口氣，「我的措辭已經相當謹愼了呀！我確定我沒有說任何侮辱或激怒小姐的話。」

「我想，她是希望你用正規的方式來追求她。先生，請別放棄希望。她母親和我都認爲你是十分適合的丈夫人選。女孩子家欲拒還迎是很正常的，這樣等她決定就範時，才會更覺甜蜜。說不定你下次來訪時，她會變得和善一些。我很確定。」

於是，迪亞哥和卡洛斯・普利多握握手之後，爬上馬匹，緩緩騎下道路；卡洛斯轉身進到屋子裡，面對自己的妻女。他兩手叉腰站在女兒面前，難過地看著她。

「他是全國最棒的人選了！」卡塔琳娜哭著說，用一塊精緻的方形薄紗手帕擦拭眼睛。

「他有錢有勢，如果成爲我的女婿，將能恢復我殘破不堪的財富！」卡洛斯說，眼神始終不離女兒的臉。

「他有一棟豪華的房子、一座莊園，還有洛杉磯鎮附近最棒的馬匹，而且還是有錢父親的唯一繼承人！」卡塔琳娜說。

「他只要在總督閣下耳邊說上幾句，就能成就一個男人——或是毀滅他！」卡洛斯說道。

「他的長相英俊……」

「這我承認！」蘿莉塔小姐叫道，抬起她那漂亮的臉蛋，勇敢地怒視他們。「這就是讓我生氣的地方！如果他是一個情人的話，會是怎樣的情人啊！一個女孩嫁給一個從來不看其他女人一眼，從沒有和其他女子跳過舞、談過心、玩樂過，就選擇了自己的男人，有什麼好驕傲說嘴的？」

「那是因爲他在其他女人之中，只喜歡你，不然他今天就不會騎馬來此。」卡洛斯說。

「這麼做肯定累著他了呢！」她說，「他爲什麼要讓自己成爲全國的笑柄？他又英俊又有錢又有才，也健康得很，根本遙遙領先其他青年。可是他卻沒有力氣好好裝扮自己。」

「我完全無法理解，」卡塔琳娜哀號，「當我還是個女孩時，從沒遇過這種事。一個地位崇高的男子前來求婚……」

「如果他地位不那麼崇高，但是更有男子氣概一點，我或許還會見他第二次。」蘿莉塔說。

「你得見他很多次才行，」卡洛斯插嘴道，語帶威嚴。「你絕對不能錯失這個大好機會。給我好好想一想，女兒。迪亞哥下回再來時，脾氣別再這麼差了。」

他快步走向中庭去，假裝要和僕人說話，其實是要離開現場。卡洛斯年輕時雖然無所畏懼，但是現在他還是個有智慧的人，所以他知道自己最好不要加入女人之間的爭吵。

午睡時間很快就到了，蘿莉塔走到中庭，在噴泉旁的小長椅上躺下。她的父親正在外廊小睡，而她的母親則在房間裡，僕人則是分散各地午休。可是，蘿莉塔睡不著，因爲她的思緒煩亂。

當然，她很清楚父親的狀況，畢竟他早就已經藏不住那些事實，而她自然很希望看見他再度恢復家產。她也知道，只要她嫁給迪亞哥・維加，她父親的人生將再次完整。維加家的人絕對會讓他妻子的娘家過最好的生活。

她想像迪亞哥俊俏的臉龐就在眼前，倘若那張俊臉散發愛與熱情的光芒時，究竟會是什麼模樣。她對自己說，這個男人這麼沒有活力，實在很可惜。可是，要她嫁給一個打算派印第安僕人來對她唱情歌的男人，是何其可悲啊！

噴泉裡的濺水聲使她慢慢進入夢鄉，她窩在長椅的一邊，臉頰枕著小手而熟睡，一頭黑髮就像瀑布那般流瀉到地。

突然之間，有人碰觸她的手臂，使她驚醒過來。她馬上坐起身，正要尖叫，卻被一隻手摀住了嘴巴。

一個裹著長大衣的男子站在她面前，臉上戴著一副黑色面罩，整張臉只看得見他目光灼灼的雙眼。她聽說過蘇洛大盜的面貌，猜想這就是他，她的心臟幾乎就要停止跳動，因爲她非常地害怕。

「安靜，我不會傷害你，小姐。」他沙啞地輕聲說道。

「你……你是……」她喘著氣說。

他退了一步，摘下墨西哥帽，向她深深一鞠躬。

「你猜中了，迷人的小姐，」他說，「我就是人稱的蘇洛大盜，卡皮斯特拉諾之禍。」

「你來這裡……」

「小姐，我不是要傷害你，也沒有要傷害這座莊園任何一人。我只懲罰不公不義之人，你父親並不是這種人。我十分仰慕他。我寧可懲罰那些對他很壞的人，也不願意傷他一根汗毛。」

「我……謝謝你，先生。」

「我很疲倦，而這座莊園正是休息的好地方。」他說，「我知道現在是午睡時刻，大家應該都在睡覺。眞是抱歉吵醒了你，小姐，但我一定要說句話。你的美貌會讓人的舌頭中央被固定住，以便舌頭兩端都能靈活的對你發出讚美。」

蘿莉塔臉紅了。

「但願我的美貌也能如此影響其他男人。」她說。

「難道不是？難道蘿莉塔小姐缺乏追求者？這怎麼可能呢！」

「先生，這是眞的。很少有人夠大膽，敢向普利多家族尋求聯姻，因爲我們家族不受當權所愛。倒是有一個追求者，」她繼續說，「可是他似乎對於求愛提不起一點勁呢！」

「哈！原來是個在愛情上遲鈍的小子，可是在你面前怎麼會呢？他生了什麼病？他是不是哪裡不舒服？」

「他非常有錢，所以我猜想，他大概認爲只要開口，任何女孩就會答應嫁給他。」

「眞是個蠢蛋！唯有求愛才能爲戀情增加情趣！」

「可是先生！如果有人過來看到了你！你會被抓走的！」

「你不希望壞蛋被抓走嗎？說不定你的父親抓到我的話，就能恢復財富了。總督對於我的作爲似乎非常惱火。」

「你……你最好快走。」她說。

「你的心腸眞是善良。你知道我被抓的話，必死無疑。但是我願意冒險再逗留一下。」

他在長椅上坐了下來，蘿莉塔趕緊離他遠些，又打算站起來。

但蘇洛大盜早已預料她會這麼做。他抓住她的一隻手，她還不曉得他想做什麼，他就彎下身子，拉起面罩下邊，吻了一下她那粉嫩又發汗的手掌。

「先生！」她叫了一聲，甩開手。

「我這麼做太大膽了，但一個男人非得表達他的情感不可。」他說，「希望我沒做出不可饒恕的侵犯舉動。」

「快走，先生，不然我就要大叫了！」

「然後讓我被處死？」

「你可是大道上的小偷！」

「可我就和其他男人一樣熱愛生命。」

「先生，我要叫了！抓到你是有獎賞的！」

「那麼美麗的小手，是不會碰沾了鮮血的錢財的。」

「快走！」

「啊，小姐，你眞是殘酷。光看你一眼，就能使一個男人血脈賁張。爲了一親芳澤，任何男人都願意和一群人打鬥爭取。」

「先生！」

「小姐，任何男人都願意死在你的防衛下。你是如此優雅又美麗！」

「先生，最後一次警告了！我要大叫了，你的命運就掌握在自己手上！」

「請再讓我吻一次你的手，我就會走。」

「不行！」

「那麼我就繼續坐在這裡，等他們來抓我。肯定不用等很久。據我所知，那個強壯的岡薩雷斯中士就在路上，應該會發現我的蹤跡。他一定也會帶著士兵……」

「先生，看在聖人的份上！」

「你的手。」

她轉身背對，伸出手。他又再次吻了她的手掌。接著，她感覺他慢慢將她轉過身來，她的雙眼深深凝視著他的。她全身似乎通了電流。她發現他還握著她的手，趕緊甩開。然後她便轉身，快速跑過中庭，進到屋內。

她站在窗簾後面偷看，心撲通撲通跳個不停。蘇洛大盜慢慢走到噴泉，屈身喝起水來。接著，他戴上墨西哥帽，回頭看了屋子一眼，便大步走開了。她聽見奔馳的馬蹄聲消失在遠方。

「雖然是個小偷，卻是個眞男人！」她喘息著說，「要是迪亞哥有他一半的衝動和勇氣該有多好！」

第八章　卡洛斯的把戲

她轉身離開窗前，很高興家裡沒有人看見蘇洛大盜或是知道他來過。白天剩下的時間，她都待在外廊，一半的時間製作一些蕾絲織品，一半的時間盯著通往大道的塵土小路。

接著，夜幕低垂，土著的泥磚小屋周圍點起了巨大的火堆，土著圍在火邊煮飯、吃東西、聊著一天所發生的大小事。屋內，晚餐已經準備好了，當一家人正要坐下來吃飯時，有人敲了敲門。

一名印第安僕人上前開門，蘇洛大盜走了進來。他摘下墨西哥帽、鞠了個躬，抬起頭看著說不出話的卡塔琳娜與表情驚恐的卡洛斯。

「我相信你們應該會原諒我的貿然闖入，」他說，「我就是人稱的蘇洛大盜。但請不要害怕，我不是來搶劫的。」

卡洛斯緩緩起身，蘿莉塔對於這名男子的勇氣感到驚訝不已，同時又害怕他會提起下午的來訪，因爲她並沒有告訴母親那件事。

「大壞蛋！」卡洛斯吼道，「你竟敢進到一個正直人的家中？」

「我不是你的敵人，卡洛斯。」蘇洛大盜回答，「事實上，我做過的事情，應當正合你這樣遭受迫害的人才對。」

卡洛斯知道他說的沒錯，但是他可不會笨到承認這點，吐露出叛國言論。老天知道，總督對他的態度已經夠差了，不需要諂媚眼前這個總督懸賞屍首的男子，來進一步地忤逆他。

「你來這裡要幹什麼？」他問。

「我很希望獲得你的款待，先生。也就是說，我想吃點東西、喝些美酒。我是位紳士，絕不會來陰的。」

「無論你的體內曾經流著多好的血，都已因爲你的行爲變得骯髒。」卡洛斯說，「小偷和強盜是不可能得到這座莊園的款待的。」

「我猜，你是害怕提供食物給我的話，可能會傳到總督耳中。」蘇洛大盜說，「你可以說你是被迫的，而那也是事實。」

此時，他將手伸進大衣中，拿出一把手槍。卡塔琳娜尖叫一聲，昏了過去；蘿莉塔縮在椅子上。

「現在你的壞心又多了一倍，因爲你嚇到女人了！」卡洛斯氣得大叫，「如果拒絕你會被殺，那就讓你吃肉喝酒！但請你展現紳士風度，讓我帶我太太到另一個房間，並叫一位土著婦女來照顧她。」

「當然可以，」蘇洛大盜說，「但這位小姐必須留下來當作人質，讓你別做傻事、乖乖回來。」

卡洛斯看了大盜一眼，再看著女兒，發現後者並不畏懼。他用手撐起妻子，扶她到門口，喊著僕人過來。

蘇洛大盜走過餐桌一頭，向蘿莉塔鞠躬，接著在她旁邊坐下。

「沒錯，這實在是有勇無謀的魯莽舉動，但我非得再見一次你那美麗的臉龐。」他說。

「先生！」

「小姐，今天下午和你的相遇，已在我心中引燃了愛火；親吻你的小手就像使我重生一般。」

蘿莉塔別過頭，雙頰燒得厲害。蘇洛大盜將椅子挪近，想握住她的手，但她躲開了。

「小姐，我很渴望再次聽見你那美妙的嗓音，而之後也將時時被吸引來此。」他說。

「先生！你絕對不能再來了！今天下午我對你寬容，但下次就不會了。下次我會放聲大叫，你就會被抓走。」

「你不會這麼殘忍的。」他說。

「你的命運就掌握在自己手上！」

卡洛斯回到房間裡，蘇洛大盜起身再度鞠躬。

「相信夫人已經甦醒過來了，」他說，「很抱歉我的手槍嚇著了她。」

「她是醒過來了。」卡洛斯說，「你剛剛說，你想吃肉喝酒。現在我想起來了，先生，你的確做了一些我很欽佩的事，我很樂意好好招待你一會兒。僕人馬上就會上菜。」

卡洛斯走到門邊，叫來一位僕人，開始吩咐他。卡洛斯對自己非常滿意。帶他妻子到隔壁房時，給了他一個良機。方才，僕人們前來回應他的喊叫，其中有一個是他非常信任的。他命令那人騎上最快的馬，像風一般飛奔到四里外的鎮上，傳布蘇洛大盜正在普利多莊園的警訊。

現在，他的目標是要盡可能地拖住蘇洛大盜。他知道士兵們一定會來，這個盜賊不是被殺就是被擄，而總督肯定會認可卡洛斯的功勞。

「先生，你一定經歷過許多刺激的冒險吧。」卡洛斯回到餐桌時詢問。

「是有一些。」大盜承認。

「例如聖芭芭拉事件。我一直沒聽說詳細的來龍去脈。」

「先生，我不喜歡高談闊論自己的作爲。」

「拜託你告訴我們。」蘿莉塔請求，蘇洛大盜當下便克服了自己的顧慮。

「那眞的沒什麼。」他說，「那天傍晚，我來到聖芭芭拉附近。那兒有個經營商店的傢伙，他長期毆打土著，從修士那裡偷取東西。他要求修士賣傳教站的東西給他，接著抱怨貨物重量不符，於是總督的手下就會要修士送更多貨物來。所以我決定好好懲罰他。」

「先生，拜託再講下去。」卡洛斯說，身子往前傾，好似十分感興趣。

「我在他的店門口下馬，走了進去。店內的蠟燭正在燃燒，有好幾個人在跟他談生意。我用手槍指著他們，叫他們退到角落去，命令這個店老闆站在我面前。我把他嚇得半死，並逼迫他交出藏在秘密地點的錢。接著，我拿他牆上的鞭子鞭打他，告訴他爲何我要這麼做。」

「做得好哇！」卡洛斯說。

「然後我就跳上馬離開了。還在一個土著家中做了張告示，說我是受壓迫者的朋友。那天晚上我覺得自己特別大膽，於是便策馬來到要塞門口，不理會衛兵——他以爲我是信差，然後我將告示用刀子釘在要塞門口。就在那時，士兵們衝了出來。我朝他們頭頂開槍，他們還不曉得發生什麼事，我就往山丘騎去了。」

「然後逃走了！」卡洛斯大叫。

「沒錯，所以我才在這！」

「那麼，總督爲何特別看你不順眼呢，先生？」卡洛斯問，「他對其他盜賊根本毫不在意。」

「哈！那是因爲我與總督閣下交過手。當時他正從聖方濟各前往聖芭芭拉辦事，身邊有一群士兵護衛。他們停在河邊休息，總督在和朋友說話，而士兵則分散各處。我躲在林子中，突然衝出來跑向他們。

「我一瞬間就到了大馬車打開的門邊。並且亮出手槍，對準總督的頭，命令他交出錢包，他照做了。接著，我衝過士兵，途中打倒了幾個人……」

「然後逃走了！」卡洛斯大叫。

「所以我才在這。」蘇洛大盜回答。

僕人端來一盤食物放在大盜面前，迅速退出房間，雙眼充滿恐懼、雙手抖個不停，因爲他聽過許多有關蘇洛大盜及其殘暴行徑的瘋狂傳說。當然，那些故事沒有一個是眞的。

「我想兩位一定能諒解，」蘇洛大盜說，「我希望兩位可以坐在房間另一端。在吃東西時，我必須掀起面罩下緣，但我並不希望因此被認出來。我會將槍放在面前，以免你們輕舉妄動。現在，卡洛斯．普利多先生，我要開始享用你好心供給的餐點了。」

卡洛斯和女兒坐在大盜指示的位置，蘇洛大盜則津津有味地吃了起來。他偶爾會停下來和他們聊天；還有一次，他請卡洛斯送上更多酒來，並且囑咐要是他一年之中喝過最棒的酒才行。

卡洛斯欣然地答應他的要求。他正努力爭取時間。他很了解那名土著所騎的馬，估計他已到達洛杉磯鎮要塞，士兵們就在路上了。希望他能拖延蘇洛大盜，直到軍隊抵達！

「先生，我準備了一些食物讓你帶在身上，」他說，「可不可以讓我離開一下，去拿食物給你？小女可以與你談天。」

蘇洛大盜鞠了個躬，卡洛斯急忙走出房間。可是，卡洛斯犯下一個致命的錯誤——他太匆忙了。不但將一個女孩留下來與男人共處一室，而且這名男子還是個亡命之徒，這實在不尋常。於是蘇洛大盜馬上就猜到，他被有意耽擱了。而另一個很不尋常的舉動是，卡洛斯擁有許多僕人，只要拍拍手就能召喚他們，他卻親自去拿食物。

卡洛斯其實是跑到另一個房間，在窗邊仔細聽是否有馬匹飛奔而來的聲音。

「先生！」蘿莉塔從房間那一頭輕聲喚道。

「小姐，怎麼了？」

「你快點走，馬上。我擔心我父親已經叫士兵來了！」
「你卻還好心地警告我？」
「難不成要我看你被抓？難道要我目睹打鬥和鮮血嗎？」她問。
「小姐，這就是唯一的原因嗎？」
「先生，你還不走？」
「小姐，我眞不願意匆匆離開像你這麼迷人的女孩。下次午睡時間，我可以再來嗎？」
「我的天啊，萬萬不可！蘇洛大盜，這一切必須停止了。去你該去的地方，並且好好照顧自己。你做了一些使我欽佩不已的事，所以我不能看著你被抓。往北邊去，到聖方濟各去，然後變成一個好人，先生。這樣做比較好！」
「你眞是個小小神父。」他說。
「你還不走，先生？」
「可是，令尊去拿食物給我了。況且，我怎能不謝謝他的一餐，就這麼走了呢？」
就在此時，卡洛斯回來了，蘇洛大盜從他的表情就知道，士兵已經騎到小路上了。
卡洛斯將一個包裹放在桌上。
「先生，這裡有些食物讓你帶著。」他說，「不過，在你踏上危險的旅途之前，再讓我們聽聽你更多精彩的經歷吧！」

「我已經說太多自己的事了，先生，一個紳士可不適合這麼做。我想，我現在還是跟你說聲謝謝，然後就要離開了。」

「先生，請至少再喝一杯酒。」

「我擔心，」蘇洛大盜說，「士兵們太接近了，卡洛斯。」

聽到此話，卡洛斯的臉一下子刷白，這名盜賊拿起手槍，他很擔心自己背叛的舉動就要付出代價。但蘇洛大盜沒有開槍。

「卡洛斯，我原諒你違反了應有的待客之道，畢竟我是亡命之徒，而且總督還提供了獎金懸賞我的人頭。」他說，「此外，我也不會因爲此事，對你心存惡意。晚安，小姐！再見，先生！」

此時，一位不知道今晚發生了什麼事的僕人一臉驚恐地衝了進來。

「主人！士兵來了！」他叫道，「他們包圍了房子！」

第九章　雙方鬥劍

在餐桌正中央，是一座華麗的大燭台，約有十來根蠟燭正燒得旺盛通亮。蘇洛大盜跳上前、手一揮，將它打到地上，瞬間所有蠟燭熄滅，房間突然一片漆黑。

他閃過卡洛斯慌亂的衝撞，在房間裡輕盈疾走，柔軟的馬靴完全沒發出任何聲響，透露出他的蹤跡。轉瞬間，蘿莉塔感覺到一個男人的手環繞住她的腰，並輕輕捏了一下，也感覺到他在她臉頰上所呼出的氣，接著，聽見他在她的耳邊低語：

「小姐，後會有期。」

卡洛斯發出公牛般的怒吼，引導士兵來到房間；有些士兵已經來到大門，開始大力敲打。蘇洛大盜衝出房間，跑到隔壁，恰巧是廚房的所在地。印第安僕人好似看到鬼一樣匆忙逃跑，他則迅速熄滅在廚房燃燒著的蠟燭。

接著，他跑到通往中庭的門，拉高嗓音，發出一聲半似呻吟、半似尖叫的呼喊，普利多莊園沒有任何人聽過這種奇異的叫聲。

正當士兵衝到了大門前，而卡洛斯叫了一群僕人重新點燃蠟燭的時候，中庭後方傳來了飛快的馬蹄聲。士兵馬上猜到，有一匹強而有力的馬來了。

馬蹄聲在遠方漸漸消失，但是士兵們早已經聽出馬兒行進的方向。

「那個魔鬼逃走了！」岡薩雷斯中士叫道；他是軍隊的帶頭者。「快上馬追他！我會給抓住他的人三分之一的懸賞金！」

中士趕緊離開房子，屬下緊跟在後，全都匆匆上了馬鞍、奮力騎向黑暗中，跟著達達的馬蹄聲而去。

「光！我要光！」卡洛斯在屋內大叫。

一名僕人拿著火把走了進來，重新點亮蠟燭。卡洛斯站在房間中央，於事無補地甩動拳頭。蘿莉塔蹲坐在角落，張大雙眼、十分害怕。卡塔琳娜已經完全從昏厥中清醒過來，她從房間走出來，想知道外頭的騷動是怎麼一回事。

「那個混帳逃了！」卡洛斯說，「希望士兵能抓到他。」

「至少他很機智勇敢。」蘿莉塔說。

「這我倒是承認，但他可是盜賊和小偷！」卡洛斯吼道，「他爲何要來我家折磨我啊？」

蘿莉塔的心中知道爲什麼，但她絕對不會告訴她的父母。她的臉上仍帶著一絲赧紅，因爲方才捏了她的那隻手與在她耳邊低聲說的那些話，她都還記得。

卡洛斯將前門大大敞開，站在門邊聽著。他又聽見了飛快的馬蹄聲。

「拿劍來！」他對僕人吼道，「有人來了，可能是那混帳回來了！因爲只有一匹馬，我的天！」

馬蹄聲停了下來。有個人穿過外廊，進到屋子裡來。

「謝天謝地！」卡洛斯倒抽一口氣。

原來不是大盜回來了；來者是雷蒙上校，也就是洛杉磯鎮的要塞司令官。

「我的部下呢？」上校問。

「先生，他們都走了！他們去追那個盜賊了！」卡洛斯告訴他。

「他逃走了？」

「沒錯，你的屬下包圍房子，但他還是逃走了。他把蠟燭打到地上、衝到廚房……」

「他們去追他了？」

「先生，他們緊追在後。」

「哈！希望他們能抓到這隻小鳥！他是整個軍隊的眼中刺。我們抓不到他，就因爲我們抓不到，總督才會派信差送來那些挖苦的信件。這個蘇洛大盜十分聰明，但他總有一天會被抓到！」

然後，雷蒙上校走到房間較裡面的地方，發現了兩位女士，便摘下帽子、向她們鞠躬。

「請兩位原諒我魯莽的進到屋子裡來，」他說，「官員在値勤時……」

「當然沒關係，」卡塔琳娜說，「你有見過我的女兒嗎？」

「我尙未有這個榮幸。」

卡塔琳娜介紹彼此給對方認識後，蘿莉塔又退回角落觀察這名軍人。他的長相不差——又高又挺，穿著帥氣的軍服，身側掛著一把長劍。至於上校，他先前從未看過蘿莉塔，因爲他才剛從聖芭芭拉調職到洛杉磯鎮的職務不到一個月。

但是現在他見到她了，忍不住又多看了兩眼。卡塔琳娜很高興地看見他的雙眼閃過一絲光芒。如果蘿莉塔看不上迪亞哥．維加，或許會看得上這位雷蒙上校。如果能夠嫁給一位軍人，普利多家族就能得到保護。

「我現在沒辦法在黑暗中找到我的屬下，」上校說，「所以，如果不會太過冒昧，還請讓我留在這裡等待。」

「當然可以。」卡洛斯說，「請坐，先生。我請僕人拿酒來。」

「這個蘇洛大盜跑不了了，」上校說，他已經嘗過了酒，覺得此酒風味絕佳。「像他這種人時不時就會出現，並且風光一陣子，但是總是無法囂張太久。最後總會面對自己的命運的。」

「一點也沒錯，」卡洛斯說，「這個傢伙今晚還跟我們吹噓他的成就呢。」

「他在聖芭芭拉幹了聲名大噪的事蹟時，我就是那裡的司令官。」上校說，「當時我正好在別人家作客，否則故事的結局就不一樣了。今天晚上警報來時，我也不在要塞，而在一位朋友的家中。這就是爲何我沒有和士兵一起出來。我一獲得通知，就馬上趕來了。看樣子這位蘇洛大盜知道我的行蹤，所以才很小心地不讓我和他鬥劍。眞希望有一天能會會他。」

「先生，你覺得你能打敗他？」卡塔琳娜問道。

「那是當然！我知道他其實只是一個拿著劍的普通人罷了。他要了我的中士，但那又是另一回事了——我還知道他鬥劍時會拿著槍。我得趕快解決這個傢伙。」

在房間的角落有一個櫥櫃，櫥櫃的門開了一條縫。

「這個傢伙眞是該死，」雷蒙上校繼續說，「他對付敵人相當兇殘。我聽說他殺人無數。人們都說他在北方造成了極大的恐慌，就在聖方濟各一帶。他殺人不眨眼，還汙辱女性……」

櫥櫃的門突然打開，蘇洛大盜走進房間。

「我要爲了你的言論好好懲罰你，先生，因爲那都是錯的！」大盜吼道。

卡洛斯轉過身，驚訝地倒抽一口氣；卡塔琳娜腿一軟，跌在椅子上；蘿莉塔對於他的話感到驕傲，但也同時爲他擔憂起來。

「我……我以為你已經逃跑了！」卡洛斯喘著說。
「哈！那只是個小把戲。我的馬是逃跑了，但我可沒有！」
「那麼你現在就逃不掉了！」雷蒙上校叫道，拔出劍來。
「退後，先生！」蘇洛大叫，秀出手槍。「我很樂意和你打一架，但這場戰鬥必須公平。卡洛斯，帶著你的妻女退到角落去，讓我跟這個謊話連篇的傢伙鬥劍。我可不想再有警報傳出，告訴別人我在這裡！」
「我還以為……你逃跑了！」卡洛斯又倒吸了一口氣，似乎無法思考，只好照著蘇洛大盜所說的做。
「那是個把戲！」大盜又說了一次，不禁大笑。「我有一匹高貴的馬。你們或許有聽見我發出一種奇特的叫聲？我的馬兒受過訓練，聽到那個聲音就會行動。牠疾奔離去，發出很大的聲響，士兵們就跟在牠後面走了。等牠跑了一段距離之後，牠會轉到一旁停下來，讓追逐牠的人通過後，再回來等待我的命令。牠現在肯定就在中庭後方。我要教訓這個上校，接著騎上馬逃走。」
「手裡還拿著槍！」雷蒙叫道。
「我把槍放在桌上了。只要卡洛斯和女士們乖乖待在角落，我就不會動它。現在，上校！」

蘇洛大盜拔出劍，雷蒙上校發出喜悅的叫聲，與他交起劍來。雷蒙上校是出了名的劍術高手，蘇洛大盜顯然也知道這一點，因爲他一開始小心翼翼，不露可趁之機，守大於攻。

上校步步相逼，劍身閃爍不定，就像混沌不明的天空中一道道閃電一般。現在，蘇洛大盜幾乎被逼到了廚房門旁的牆壁，上校的眼睛已經開始燃起勝利的光芒。他快速舞劍，不讓大盜有喘息的空間，牢牢站在自己的位置上，使對手背靠著牆無法動彈。

此時，蘇洛大盜輕輕笑了一聲。因爲他已經看出對方戰鬥的模式，知道一切都會沒問題的。大盜將防守轉爲進攻，上校十分困惑，因而退了幾步。蘇洛大盜笑了起來。

「殺了你太可惜了，」他說，「我聽說你是個很優秀的軍人，而軍隊非常需要這種人。不過，你說了一些關於我的謊言，必須爲此付出代價。我現在要刺傷你了，但是我不會取你的性命。」

「聽你在放屁！」上校咆嘯道。

「是不是在放屁，馬上就知道了。哈！上校，我差點就刺中了呢。你比那位中士還要聰明，可是還不夠機靈。你想要我刺哪裡呢？左邊還是右邊？」

「若你這麼肯定能刺中我，就刺右肩吧。」上校說。

「好好防禦，上校，因爲我將會刺中你所說的那個部位！哈！」

上校開始移動，試圖讓燭光射中大盜的眼睛，但是蘇洛大盜實在太聰明了，早就看穿這一點。他迫使上校往回移，逼他退後到角落去。

「就是現在，上校！」他大叫。

他刺中了他的右肩，就如上校所要求的，並在拔出劍時稍微扭轉一下劍身。他刺得有點太低了，雷蒙上校突然感覺一陣癱軟，跌到地上。

蘇洛大盜退了一步，將劍收回劍鞘。

「希望女士們能原諒我，讓你們看見了這一幕，」他說，「我可以向你們保證，這次我真的要走了。卡洛斯，這位上校並未受到重傷。他一天之內就能自行回到要塞。」

他摘下墨西哥帽，在他們面前鞠了一躬。卡洛斯結結巴巴、語無倫次，想不到可以說些什麼惡意又中傷的話。大盜的雙眼對上蘿莉塔的眼睛，很開心地發現她沒有任何一絲厭惡之情。

「晚安！」他說，又大笑了一聲。然後他便衝過廚房、進到中庭，他的馬兒正如他所說的在那裡等著他。他很快上了馬，接著便騎走了。

第十章　一絲醋意

半小時內，雷蒙上校的傷肩已清洗完畢，並包上繃帶，他坐在餐桌的一頭啜飲著酒，臉色十分蒼白，看起來相當疲憊。

卡塔琳娜和蘿莉塔很同情他，不過後者一想到上校先前吹噓著要如何如何對付蘇洛大盜，再想想後來發生的事，就忍不住偷笑。卡洛斯盡自己所能地使上校自在舒適，畢竟與軍方打好關係是件好事。他力勸上校多留在莊園幾天，等到傷口癒合了再離開。

上校看著蘿莉塔的眼眸，說他很樂意待在這裡一天。雖然受了傷，他仍然試圖開啓一些彬彬有禮而又機智風趣的話題，但卻不怎麼成功。

踢踏的馬蹄聲又再次傳來，卡洛斯派僕人開門，讓光線照出去。他們猜想，應該是一名士兵回來了。

騎士靠近房屋，停在門前，僕人急忙前去照料馬匹。

有一段時間，屋內的人什麼也沒聽到。接著，外廊傳來腳步聲，迪亞哥．維加匆匆跑進來。

「哈！」他叫道，好似鬆了一口氣。「眞高興你們都還活得好好的！」

「迪亞哥！」卡洛斯大叫，「你竟然一天之內就從鎭上騎到這裡兩次？」

「我肯定會因此不舒服的，」迪亞哥說，「我現在就開始覺得四肢僵硬、腰酸背痛了。但我覺得我非來一趟不可。鎮上傳來警報，大家都在說蘇洛大盜拜訪了這座莊園。我看見士兵們往這個方向騎，心中不禁害怕起來。你知道的，卡洛斯，我以為……。」

「我明白，我的好紳士。」卡洛斯回答，對他露出了笑容，並瞥了一眼蘿莉塔。

「我……呃，覺得我有義務來這一趟。現在我知道一切都沒事了，你們都還活得好好的。怎麼會這樣？」

蘿莉塔用力吸了口氣，卡洛斯趕緊回答。

「那個傢伙剛剛就在這裡，他刺傷雷蒙上校的肩膀後就逃走了。」

「哈！」迪亞哥說，坐到椅子上。「所以你被他的劍刺傷了，上校？那麼你一定想要報仇囉？你的士兵跑去追那個混蛋了？」

「是的。」上校簡短答道，因為他不喜歡被人說自己打輸了。「他們會一直追他，直到抓到他為止。我有一位強壯的中士，名叫岡薩雷斯，他是你的朋友對吧，迪亞哥？他很想要親自逮捕他，贏得總督的賞金。等他回來我會告訴他，叫他帶著部下去追捕這個大盜，直到好好處置了他為止。」

「先生，希望你的士兵能夠成功。那個混帳惹到卡洛斯和女士們，而卡洛斯可是我的朋友。我要所有的人都知道這一點。」

卡洛斯喜形於色，卡塔琳娜則給他一個迷人的微笑，但是蘿莉塔卻努力不讓自己撇起嘴來，露出輕蔑之情。

「卡洛斯，拿一杯提神的酒來，」迪亞哥．維加繼續說，「我好累啊。今天從洛杉磯鎮騎到這裡來兩趟，實在讓人難以忍受。」

「這段路途並不遠啊，才四英里路。」上校說。

「對一位強健的軍人來說或許不遠，」迪亞哥回答，「但對一位紳士來說很遠。」

「軍人難道不能也是紳士？」雷蒙問道，對他的話有些不悅。

「過去曾經有這種人，但是現在很少見囉！」迪亞哥說。他邊說邊看蘿莉塔，希望她能注意到這些話。他剛才就有注意到上校看她的樣子，心中漸漸燃起一絲醋意。

「先生，你是不是在影射我血統不好？」雷蒙上校問。

「先生，這我就不能回答了，因為我沒看過你的血呀。不過，蘇洛大盜肯定可以告訴我。我想他看見了你的血。」

「我的老天！」雷蒙上校叫道，「你是在挑釁我？」

「永遠別被事實所挑釁，」迪亞哥說，「他刺傷了你的肩膀，不是嗎？那不過是擦傷而已。你現在不是應該待在要塞指揮士兵嗎？」

「我要在這裡等他們回來，」上校回答，「何況，根據你的說法，先生，從這裡回要塞是相當累人的旅途呢。」
「但軍人應該習慣了勞苦才對，先生。」
「沒錯，畢竟一個軍人要面對的害蟲可多了。」上校說，惡狠狠地盯著迪亞哥。
「你說我是害蟲？」
「我有這麼說嗎？」
現在情勢十分危險，卡洛斯一點也不想讓軍隊的官員和迪亞哥‧維加在他的莊園裡鬧事，免得招來更大的麻煩。
「兩位先生，喝酒！」他大聲地說，站在他們兩個人的椅子中間，全然不顧該有的禮節。「喝吧，上校，你的傷口使你相當虛弱。還有你，迪亞哥，騎了這麼遠的路……」
「我眞懷疑是有多遠。」雷蒙上校說。
迪亞哥接過酒杯，轉身背對上校。他看向蘿莉塔，對她笑了一笑。他故意站起來，將椅子搬到房間另一邊，放在她的旁邊。
「小姐，那個混帳有沒有嚇著你？」他問。
「如果他有呢，先生?你會爲我報仇嗎?你會帶著劍、騎著馬，找到他並且給他應有的懲罰嗎？」

「我的老天，必要時我或許會這麼做。但是，我有能力雇用一群強壯的傢伙，他們會很高興能夠打倒那個混帳的。我何必冒生命危險？」

「喔！」她氣呼呼地叫道。

「我們就別再討論這位嗜血的蘇洛大盜了，」他懇求道，「還有別的話題可以聊啊。小姐，你有沒有考慮一下今天稍早我前來拜訪所提的那事兒？」

蘿莉塔現在想起來了。她再度想起這樁婚事對她的父母和家產來說有多麼重要，但她也想起了蘇洛大盜和他的衝勁與熱情，她眞希望迪亞哥也像他一樣。她實在無法說出口，成爲迪亞哥·維加的未婚妻。

「我……我還沒有時間好好想一想。」她說。

「相信你很快就會做出決定了。」他說。

「你這麼急？」

「我父親今天下午又在說我了。他堅持要我盡快娶個妻子。這件事眞是麻煩，但是一個人非得好好取悅自己的父親才行。」

蘿莉塔咬著嘴唇，怒氣馬上起來了。哪有女孩被人這樣追求的？她不禁想。

「我會盡快做出決定，先生。」她最後終於說。

「這位雷蒙上校會待在這裡很久嗎？」

蘿莉塔心中湧現一絲希望。迪亞哥・維加有沒有可能是在吃醋呢?如果眞是如此,這個男人或許還有些優點。說不定他會覺醒,等到愛情和熱情找上他,他就會像其他年輕男子一樣了。

「我父親請他留下來,直到他有辦法騎回要塞爲止。」她說。

「他現在就能回去啦。不過是小傷。」

「你今晚不回去嗎?」她問。

「我可能會因此生病,但我必須回去。明天一早還有些事必須處理,做生意就是這麼麻煩。」

「或許我父親可以讓你坐馬車回去。」

「哈!眞是這樣就太好了。在馬車上還能睡一會兒。」

「但是如果那位大盜半路攔車怎麼辦?」

「小姐,我不害怕。我很有錢,難道不能花錢贖身?」

「先生,你寧可付贖金,也不願意奮力一搏?」

「小姐,我有很多錢,但只有一條性命。冒著流血的風險,哪是聰明人的舉動呢?」

「可是那是眞男人的舉動,不是嗎?」她問。

「任何男人都可以做出眞男人的舉動，可是唯有聰明人才能做出睿智的選擇啊！」他說。

迪亞哥輕輕笑了笑，彷彿大笑會耗費他太多力氣，然後傾身向前低聲說話。

在房間另一頭，卡洛斯正盡全力讓雷蒙上校感到舒適愉快。他很高興現在上校和迪亞哥坐得遠遠的。

「卡洛斯，」上校說，「我來自一個不錯的家庭，而且你應該也聽說過，總督待我不薄。我現在才二十三歲，不然肯定能夠位居更高的位置。但是我的未來無可限量、無須懷疑。」

「這眞是太好了，先生。」

「今晚以前，我從未看過令嬡，但她已俘虜了我的心。我從來沒看過這麼優雅、美麗的女子，還有如此閃耀魅惑的雙眼！先生，我希望你能夠批准，讓我追求這位小姐。」

第十一章　三位追求者

這下可困窘了。卡洛斯一點也不想要惹惱迪亞哥．維加，或是一位深受總督喜愛的官員。但是他要如何避免？如果蘿莉塔不願強迫自己接受迪亞哥，或許她能試著去愛雷蒙上校。他是僅次於迪亞哥最棒的女婿人選。

「先生，你的答案是？」上校問。

「我相信你不會誤解我的意思，先生，」卡洛斯低聲說，「我得向你解釋一下。」

「請說，先生。」

「今天早上迪亞哥．維加也問了我相同的問題。」

「哈！」

「你也知道他的家世背景，先生。我能拒絕他嗎？當然不能。但是我可以告訴你，這位小姐不會嫁給她不喜歡的男人。所以，雖然迪亞哥獲得我的允許，但是他若無法贏得她的心……」

「那麼我就可以試試？」上校問。

「你獲得我的允許了，先生。當然，迪亞哥是很富有，但是你很有衝勁，而迪亞哥……他比較……」

「我懂的，先生。」上校笑著說，「他根本稱不上是個勇敢又有衝勁的紳士。除非你的女兒喜歡金錢，而非一位眞男人……」

「小女會隨著心之所向，先生！」卡洛斯驕傲地說。

「所以，這件事就是我和迪亞哥之間的事囉？」

「只要你謹愼行事就好，先生。我不會讓任何造成維加家族和我的家族之間不和的事情發生的。」

「卡洛斯，我會保護你的權益的。」雷蒙上校聲明。

迪亞哥和她談話時，蘿莉塔同時在觀察她的父親和雷蒙上校，並且猜到了他們在說些什麼。她手中的名單上若能有個衝勁十足的軍官，當然是很好。可是，她第一次看著他的雙眼時，卻一點感覺也沒有。

蘇洛大盜帶給她的觸電感，連她小巧的腳趾頭都感覺得到，還只是因爲他對她說過話，並用雙唇觸碰了她的掌心而已。要是迪亞哥．維加可以學學大盜就好了！要是有個男人能夠結合維加家族的財富與那名盜賊的活力、衝勁和勇氣，該有多好！

外頭突然傳來一陣騷動，士兵們大步走進房間裡來，由岡薩雷斯中士領頭。他們向上校行禮後，中士驚訝地看著他受傷的肩膀。

「那個混帳逃跑了，」岡薩雷斯向他報告，「我們追了三英里左右，他騎往山裡，我們追到了他。」

「是嗎？」雷蒙問。

「他有同夥。」

「然後呢？」

「上校，共有十個人在那裡等他。我們還沒發現他們，他們就襲擊了我們。我們和他們打了一架，傷了他們三個人，但是他們帶著傷者一起逃走了。我們沒有料到會有一群匪徒，所以才掉進了埋伏。」

「那麼我們就得好好對付那幫歹徒！」雷蒙上校說，「中士，明天一早挑選十來位士兵，由你全權命令。追蹤這名蘇洛大盜，在抓到他或殺掉他之前，都不准停止追捕行動。要是你成功了，我會追加四分之一的報酬在總督閣下允諾的賞金裡。」

「哈！這正是我所希望的！」岡薩雷斯中士叫道，「看我們如何快狠準地抓住這隻土狼！我會給你看看他鮮血的顏色……」

「那就再好也不過了，因爲他已經看過上校鮮血的顏色了。」迪亞哥插嘴說。

「迪亞哥，好朋友，這是什麼意思?上校，你和那個混蛋鬥過劍了？」

「是的。」上校承認，「中士，你追的不過是一匹耍人的馬。那個傢伙其實就在這裡，躲在一個櫥櫃中，在我進來後他才出來的。所以你在山上遇到的那夥人，一定是別的盜賊和他的同伴。這個蘇洛大盜對我就像在小酒館對你一樣，手上拿著手槍，以避免和我高強的劍術對壘。」

上校和中士直盯著彼此，雙方都在想對方究竟說了多少的謊；迪亞哥輕笑了一聲，企圖握住蘿莉塔的手，但是卻失敗了。

「這整件事只能藉由流血才能弭平！」岡薩雷斯宣布，「我要追殺這個惡棍，直到抓到他爲止。我是否獲准能挑選自己的手下？」

「你可以挑選要塞的任何士兵。」上校說。

「岡薩雷斯中士，我要和你一起去。」迪亞哥突然說。

「我的老天！你會死的，好紳士。日以繼夜地坐在馬鞍上，上山下海、翻沙歷暑，還有可能打上一架！」

「嗯，那我最好還是待在鎮上。」迪亞哥坦白地說，「但是他招惹了這個家族，他們是我誠摯的好友。至少讓我知道事情的進展？如果他又逃跑了，你會告訴我他是怎麼脫逃的吧？至少讓我知道你有在追他，且知道你追捕的方向，我的心才能與你同在。」

「當然，我的好紳士，那是當然。」岡薩雷斯回答，「我會給你機會，讓你看看那個混帳的屍首。我發誓！」

「中士，這個誓言太可怕了。若眞的實現了……」

「我是說，如果我殺了那個惡棍的話。上校，今晚你會回要塞嗎？」

「會，」雷蒙回答，「雖然受了傷，但我還是可以騎馬。」

他說話時看著迪亞哥，露出一絲鄙視的冷笑。

「還眞是勇氣可嘉呀！」迪亞哥說，「我也要回洛杉磯鎭去，卡洛斯如果能好心借我馬車就好了。我可以將我的馬繫在車後。要再騎這麼遠回去，可會要了我的命。」

岡薩雷斯笑了，帶頭走出房子。雷蒙上校向女士們致意，怒目瞪視著迪亞哥，隨後也離開了。蘿莉塔的父母親護送上校到門口時，迪亞哥再次轉身面對她。

「你會好好考慮那件事吧？」他問，「我的父親過幾天又會找上門，如果我告訴他一切都安排好了，就不會被他責備了。倘若你決定要嫁給我，請你父親派僕人傳個話。我會把家裡整頓好，迎接婚禮的到來。」

「我會想想的。」女孩說。

「我們可以在聖蓋博傳教站成婚，只是我們得進行一趟疲憊不堪的旅程就是了。那裡有位菲利普修士，和我從小就是朋友，我可以請他主持，或者你想要別的做法也行。他也可以前來洛杉磯鎭，在廣場的小教堂中爲我們宣讀典禮禱文。」

「我會想想的。」女孩又說了一次。

「我這幾天或許會再來看看你，如果我活得過今晚的話。晚安，小姐。我想我應該要……呃，親吻你的手？」

「別麻煩了，」蘿莉塔說，「這說不定會累到你。」

「啊，謝謝你。你眞體貼。如果能夠娶到一個體貼的妻子，我就太幸運了。」

迪亞哥從容地走到門口。蘿莉塔跑到自己的房間裡，捶胸頓足、拉扯頭髮，氣到哭不出來。親她的手，眞是！蘇洛大盜可沒有問她的意見，直接就親了哪！蘇洛大盜敢冒著生命危險來見她。蘇洛大盜還可以邊笑邊作戰，然後使出把戲逃跑！啊，要是迪亞哥・維加有這位大盜的一半就好了！

她聽見士兵們策馬離去，過了一會也聽到迪亞哥・維加坐著父親的馬車走了。她走進廳堂找她的雙親。

「父親，我是不可能嫁給迪亞哥・維加的。」她說。

「女兒，什麼事讓你下定決心了？」

「我說不上來，但是他就不是我想嫁的那種人。他這個人毫無生氣，和他一起生活將是永遠的折磨。」

「雷蒙上校也想要追求你。」卡塔琳娜說。

「他也一樣差。我不喜歡他的眼神。」女孩回答。

「你未免太挑剔了，」卡洛斯告訴她，「要是迫害再持續一年半載，我們就要變成乞丐了。全國最棒的人選自己送上門來，你竟然還拒絕不要。然後你不喜歡一位高階軍官，就只因爲你不喜歡他的眼神！給我好好想想，女兒！和迪亞哥·維加聯姻是每個人都渴望的。或許等你更加了解他，你就會更喜歡他的。那個男人會覺醒的。我想今晚我看到了一絲希望，我猜是因爲上校的出現，讓他吃醋了。如果你能喚起他的忌妒心……」

蘿莉塔哭了出來，但哭泣的衝動很快就消失了。她擦乾眼睛。

「我……我會盡力去喜歡他的。」她說，「但是我現在還不能強迫自己，說我會成爲他的妻子。」

她快步走回房間，叫來負責伺候她的土著婦女。很快的，整棟房子陷入黑暗，四周的大地也是如此，除了泥磚小屋旁邊的火堆之外。那些土著在火堆旁說著今晚發生的可怕事件，每個人都試圖揑造最誇張的假故事。卡洛斯·普利多和他的妻子睡覺的房間，傳來微弱的鼾聲。

但是，蘿莉塔睡不著。她一隻手撐著頭，望向窗外那遠方的火堆，腦海中全都是蘇洛大盜。

他那優雅的鞠躬、如樂音般的低沉嗓音及雙脣親吻她掌心的觸感，全都歷歷在目。

「眞希望他不是盜賊，」她嘆了口氣，「女人怎能愛上這種男人！」

第十二章　拜訪迪亞哥的家

隔天早上太陽才剛升起，洛杉磯鎭的廣場上就開始喧鬧起來。佩德羅．岡薩雷斯中士和一群原先駐守在當地要塞的騎兵在廣場上，準備開始蘇洛大盜的追捕行動。

士兵們正調整馬鞍、檢查馬勒、盤點水瓶和少量的食物，中士的吼叫聲壓過所有的嘈雜聲。他下令軍隊輕裝上路，盡可能仰賴農村的供應爲生。他十分認眞地看待上校的命令，打算追捕蘇洛大盜，沒抓到他就不回來，要不就是在過程中戰死。

「我的朋友，我要將那個傢伙的皮釘在要塞的門口！」他告訴胖老闆，「然後我就能獲得總督的懸賞金，償還欠你的酒錢。」

「祈禱聖人保佑，讓這番話成眞。」老闆說。

「你說什麼，笨蛋？祈禱我還錢的話成眞？難道你捨不得那麼一點小錢？」

「我是說，我祈禱你能成功抓到那個傢伙。」老闆伶牙俐齒地說了謊。

雷蒙上校沒有起床看著軍隊出發，因爲他的傷口讓他有些發燒，但是鎭上的人全都圍在岡薩雷斯中士和他的屬下身邊，問一大堆的問題。中士發現自己成了焦點所在。

「這個卡皮斯特拉諾之禍很快就會消失在這世界上了！」他大聲地吹噓，「佩德羅．岡薩雷斯就要去追他，哈！等我和這傢伙面對面……」

迪亞哥・維加房子的前門就在此時打開了。迪亞哥出現在門邊，鎮上的人有些驚訝，因爲現在可是一大清早。岡薩雷斯中士放下手上的包裹，雙手叉腰，興味濃厚地看著這位朋友。

「你沒上床睡覺。」他譴責地說。

「我有啊！」迪亞哥說。

「然後這麼早起？似乎有什麼邪惡的原因，你倒是解釋解釋。」

「你們這麼吵，連死人都會被你們吵醒。」迪亞哥說。

「沒辦法啊，好紳士，因爲我們在執行命令。」

「難道你們不能在要塞準備，卻要在廣場上？還是說，你覺得在要塞就不會有夠多的人看見你的崇高地位？」

「我的老……」

「不准說！」迪亞哥喝令道，「事實上，我早起是因爲我必須千里迢迢前往我的莊園，約十英里路遠，去巡視我的家禽牲畜。岡薩雷斯中士，千萬別變成有錢人哪，錢財對一個人的要求太多了。」

「關於這一點，命運總是不讓我受錢財的折磨。」中士笑著說，「有人護送你嗎，朋友？」

「只有幾個土著。」

「要是你遇上了蘇洛大盜，他說不定會綁架你，要求很高的贖金。」

「他會出沒於此處到我莊園間的路上？」迪亞哥問。

「有個土著不久前傳來消息，說他看見他在前往百樂鎮和聖路易斯王鎮的路上。我們會往那個方向騎。不過既然你的莊園在另一個方向，你肯定不會遇見那個混蛋。」

「聽你這麼說，我放心了不少。所以你要前往百樂鎮囉，中士？」

「沒錯。我們會盡快找到他的足跡，一旦找到了，就會抓到這隻狐狸。同時也要試著找到他的巢穴。我們馬上就要啓程。」

「我會熱切期待消息的，」迪亞哥說，「祝你好運！」

岡薩雷斯和他的部下上了馬，中士一聲令下，他們便策馬穿過廣場，揚起許多塵土，然後騎上了大道，前往百樂鎮和聖路易斯王鎮。

迪亞哥看著他們，直到只剩遠方的一小團塵土，接著請僕人帶來他的馬。他也上了馬，騎往聖蓋博，兩名土著僕人騎著騾子跟在後面。

但是，在他出發之前，迪亞哥寫了一封信，派遣土著信差將信送到普利多莊園去。那是寫給卡洛斯的，內容是：

士兵今早啟程去追捕蘇洛大盜了，我聽說有一幫匪徒聽從這個大盜的指揮，或會發動攻擊。我的朋友，很難說會發生什麼事情。我不希望我關心的人受到威脅，特別是令嬡，當然卡塔琳娜夫人和你也是。此外，這個盜賊昨晚看到你的女兒，肯定十分欣賞她的美貌，恐怕會想再見到她。

我懇求你們立刻前來我在洛杉磯鎮的宅邸，將它當作你們的家，直到事件平安落幕。我今早要離開前往我的莊園，但已下令僕人聽從你所有的命令。我回來時應當能見到你，大約是兩、三天後。

迪亞哥

卡洛斯大聲唸出這封信給妻女聽，接著抬頭看看她們有何反應。他自己並不在意危險，因爲他可是匹老戰馬，但他不希望讓自己的妻女陷入危機。

「你們覺得如何？」他問。

「我們已經好久沒拜訪鎮上了，」卡塔琳娜說，「我在那裡有一些好朋友。我覺得這件事很棒。」

「人們如果知道我們是迪亞哥・維加的座上賓，對於我們的財富肯定是有百利而無一害。」卡洛斯說，「女兒怎麼想呢？」

能被詢問意見可是一個特許。蘿莉塔知道父親給予她這個不尋常的權利，是因爲迪亞哥的追求。她猶豫一會兒才回答。

「我想應該沒有問題，」她說，「我想去鎭上看看，因爲在這裡很少見到其他人。但人們或許會談論我和迪亞哥的事。」

「胡說！」卡洛斯吼道，「我們的血緣幾乎和維加家一樣好，又比其他人好得多，去拜訪維加家是再自然不過的了！」

「但是，那是迪亞哥的房子，又不是他父親的。不過，他說他這兩、三天都不在，所以我們可以等他回來時再走。」

「那就這麼定了，」卡洛斯宣布，「我得去見見管家，交代他一些事。」

他走到中庭，拉響大鈴呼叫管家，心情非常好。因爲，他想，等到蘿莉塔看見迪亞哥・維加家中富麗堂皇的擺設，或許就會更能接受迪亞哥做他的丈夫。當她看到那些絲綢和緞子、高雅的織錦以及鑲嵌黃金並用寶石點綴的家具，當她了解到自己可以成爲這些東西、甚至更多財富的女主人……，卡洛斯覺得自己眞是太了解女人的心了。

午睡時間過後，一輛由騾子所拉、土著所駕駛的貨車來到門口。卡塔琳娜和蘿莉塔上了車，而卡洛斯則騎上他最好的馬，跟在旁邊。就這樣，他們騎在通往大道的小路上，接著騎在前往洛杉磯鎭的大道。

他們途中遇到許多當地的居民，他們全都對於普利多家族遠道外出而感到驚奇，因爲大家都知道他們家門不幸，幾乎不再踏出家門了。他們甚至小聲地說，這個家族的女性已不再和上流社會有所聯繫，而且僕人都沒吃飽，只是因爲主人爲人太好所以他們才留了下來。

但是，卡塔琳娜和她的女兒驕傲地抬起頭，而卡洛斯也是。他們向認識的人打招呼，繼續騎在大道上。

現在，他們轉了個彎，已經可以看到遠方的村鎮：廣場、一邊矗立著十字架的教堂、酒館、倉庫、幾棟似迪亞哥宅邸、虛有其表的住宅，以及土著和窮人零星分散的小屋。

貨車停在迪亞哥家門口，僕人們跑出來歡迎賓客，在貨車到門口之間鋪上一條地毯，讓女士們不會踩到泥土。卡洛斯率先走進屋內，吩咐僕人照料馬匹和騾子，並牽走貨車。他們休息了一會兒，接著僕人們便送上美酒和食物。

然後，他們在這棟美輪美奐的房子中四處參觀走動，就連見識過許多有錢人家的卡塔琳娜，在迪亞哥的家中看見這些擺設，都不禁睜大雙眼。

「想想看，只要我們的女兒一句話，她就能夠成爲這一切的女主人！」她倒抽一口氣。

蘿莉塔沒說一句話，但她開始覺得，或許成爲迪亞哥的妻子也沒有這麼糟糕。蘿莉塔的內心交戰不已。一邊是財富和地位，還有父母的安全與錢財——以及一位了無生氣的丈夫；另一邊則是她嚮往的浪漫和理想愛情。除非最後一絲希望灰飛煙滅，否則她絕不會放棄後者。

卡洛斯離開房子，穿過廣場來到酒館，遇到一些年紀較長的紳士們。他試著和他們重新熟悉，但他注意到他們對他都不怎麼熱絡。他猜想他們是害怕公開對他釋出善意，因爲總督不喜歡他。

「你來鎮上辦事？」其中一個人問。

「不是的，先生。」卡洛斯回答，十分高興，因爲他有機會改變大家對他的看法了，「那個蘇洛大盜又出現了，士兵們正在追捕他。」

「這我們都知道。」

「最近可能會發生戰鬥甚至一連串的劫掠，因爲現在傳言蘇洛大盜有一幫匪徒跟著他。我的莊園十分孤立，很有可能受到襲擊。」

「啊！所以你才帶著一家子到鎮上來，打算等待事件落幕？」

「我原先沒想到要這麼做，但是今天早上迪亞哥．維加傳了一封信給我，請我帶著家人來此，現下可以盡情使用他的房子。迪亞哥去他的莊園了，很快就會回來。」

聽到此話，這群人的雙眼睜大了一些，但是卡洛斯假裝沒看到，繼續啜飲著酒。

「迪亞哥昨天早上前來拜訪我，」他說下去，「我們重新聊起過去的日子。接著，蘇洛大盜昨晚來到我的莊園，相信你們都聽說了，而迪亞哥聽說之後，又騎著馬出門，擔心我們遭遇不測。」

「一天造訪兩次！」其中一人倒抽了一口氣。

「正是如此，先生。」

「你……我是說……令嫒的美貌驚爲天人，是吧，卡洛斯・普利多？約十七歲，對嗎？」

「是十八歲，先生。沒錯，我想人們的確常說她相當美麗。」卡洛斯承認。

坐在他身邊的人都面面相覷。他們知道爲什麼了。迪亞哥・維加想要娶蘿莉塔・普利多爲妻。這就表示，普利多家的財產很快又會到達高峰，他可能會希望友人前去拜訪，並且斜看著那些當初沒有對他表示支持的人。

所以，他們現在全都圍聚過來，想要對他表示敬意。他們問他作物如何、家禽牲畜是否興旺、蜜蜂有沒有和平常一樣辛勤採蜜、他覺得今年的橄欖好不好之類的問題。

卡洛斯理所當然地接受了這一切。他接受了他們買給他的酒，自己也買了好一些。胖老闆一邊跑來跑去完成他們交代的事，一邊試著用腦袋瓜計算這天的收入，不過這項任務對他來說似乎太艱難了。

卡洛斯在黃昏時分離開酒館，好幾個人送他到門口，甚至有兩個影響力較大的人物陪他走過廣場，來到迪亞哥的家門。其中一人懇求卡洛斯和他的太太一定要在那天晚上前來拜訪他，一同聆聽音樂、聊天談話。卡洛斯欣然接受了邀請。

卡塔琳娜一直在窗邊偷看，她滿臉笑意地到門口迎接丈夫。

「一切都很順利，」他說，「他們全都張開雙臂歡迎我。此外，我還接受了一個今晚的邀請。」

「蘿莉塔怎麼辦？」卡塔琳娜抗議。

「她當然要留在家裡，不會有事的。這裡有半百名僕人呢。而且親愛的，我已經接受邀請了。」

這樣一個重新獲得擁戴的大好機會當然不能放過，所以他們就去跟蘿莉塔說了。她要待在大廳閱讀詩集，如果累了就回某間臥室休息。僕人們都會保護她，管家也會親自完成她的要求。

卡洛斯與妻子出門拜訪朋友，由六名土著手持火把陪同穿越廣場，因爲這天晚上月光靄靄，雨又開始下了起來。

蘿莉塔蜷在沙發上，腿上放著一本詩集，開始看書。每一首詩都在描述情愛、浪漫和熱情。她很驚訝如此死氣沉沉的迪亞哥，竟然會讀這種詩，但是這本詩集看得出來經常被人翻閱。她起身觀看附近一張長椅上的書本，越來越吃驚了。

每一本書都是吟誦愛情的詩人所寫；還有關於騎士的書籍；劍術大師口述寫成的著作；偉大軍官與戰士的傳說故事。

這些書籍當然不是給迪亞哥這種男人看的，她告訴自己。然後她想，或許他只是很喜愛這些作品，但並不喜歡這些書傳達的生活態度。迪亞哥就像一個謎，這是她第一百次這麼告訴自己；她回到沙發上，繼續看書。

此時，雷蒙上校敲了門。

第十三章　愛情就這麼降臨了

管家上前打開了門。

「先生，很抱歉，迪亞哥先生並不在家。」他說，「他到他的莊園去了。」

「我知道。卡洛斯和他的太太及女兒在這裡，不是嗎？」

「卡洛斯先生和他的夫人今晚出門拜訪朋友了，先生。」

「小姐……」

「她在這裡，當然。」

「既然如此，我應該對小姐表示一下敬意。」雷蒙上校說。

「先生！不好意思，小姐現在一個人。」

「難道我不是一個正直的人？」上校問。

「這……她的女監護人不在場時，實在不太適合與男子會面。」

「你以爲你是誰，竟敢跟我談論禮節？」雷蒙上校質問，「滾到一邊去，廢物！敢妨礙我，你就等著受罰。我可是知道關於你的許多事呢。」

管家聽到這個，臉色突然刷白。上校說的沒錯，他只要一句話就能帶給他很巨大的麻煩，說不定還會吃牢飯。但他知道什麼是對、什麼是錯。

「可是先生……」他抗議道。

雷蒙上校用左手將他推到一邊，走進大廳裡。蘿莉塔看見他站在面前，警覺地跳起來。

「啊，小姐，希望我沒嚇著你，」他說，「眞遺憾你的父母親都不在家，但是我有些話一定要跟你說。這個下人不想讓我進來，但我想你應該不用害怕一個一隻手受了傷的男人。」

「這……這不太妥當吧，先生？」她問，感到有些驚恐。

「我保證不會傷害你的。」他說。

他走到沙發的一端坐下來，毫不掩飾地欣賞她的美貌。管家緩緩靠近。

「滾到廚房去，你這傢伙！」雷蒙上校喝道。

「不，請讓他留下來，」蘿莉塔哀求，「我父親命令他這麼做的，他要是離開會惹上麻煩的。」

「他要是留下來也會！還不快走！」

那名僕人走了。

雷蒙上校再次轉身面對女孩，對她笑了一笑。他自以爲很了解女人——她們喜歡看一個男人支配命令別的男人。

「你眞是越來越美了，小姐。」他輕柔地說，「眞是高興你一個人在這裡，因爲我想對你說一些話。」
「會是什麼話呢，先生？」
「昨晚在令尊的莊園時，我請他准許我向你求愛。你的美麗點燃了我的愛火，小姐，我想要你做我的妻子。你的父親同意了，只是他說迪亞哥・維加也獲得他的准許。因此，這件事看來就是我和迪亞哥之間的事了。」
「先生，你似乎不該這樣說？」她問。
「迪亞哥・維加當然不適合你，」他繼續說，「他有勇氣和活力嗎？因爲軟弱，他成了眾人的笑柄不是嗎？」
「你竟然在他的家中說他的壞話？」小姐問道，眼神閃著光芒。
「我說的是實話啊，小姐。我希望你對我好一點。你不能溫柔地看著我嗎？你難道不能給我一點希望，讓我知道我有機會贏得你的人和心嗎？」
「雷蒙上校，這一切實在太卑劣了。」她說，「你的做法很不恰當，你也很清楚這點。請你現在離開。」
「小姐，我還在等你的答案。」
聽到此話，她的心中升起一股怒氣。爲何她不能像其他小姐一樣，被男人合乎體統地追求？這個男人爲何說話如此厚顏無恥？爲什麼他無視傳統規矩？

「請你離開，」她堅決地說，「這一切都錯了，你也很清楚。你想讓我的名聲成爲笑話嗎，雷蒙上校？要是有人進來，發現我們這樣獨處該怎麼辦？」

「不會有人來的，小姐。你不能給我一個答案嗎？」

「不行！」她叫道，準備要起身。「這樣直接問出口是不對的！我向你保證，我一定會讓父親知道你的到訪！」

「你的父親，」他冷冷地笑，「不過是一個不受總督喜愛的人，一個因爲缺乏政治常識，所以麻煩不斷找上門來的人。我才不怕你父親。雷蒙上校看上他的女兒，他就該偷笑了！」

「先生！」

「別走呀，」他說，緊緊抓住她的手，「問你願不願意當我的妻子，已經算是給你極大的面子了……」

「給我面子？」她氣得大叫，幾乎就要氣哭了。「一個女人接受一個男人，是她給他很大的面子才對！」

「我最喜歡你生氣的樣子了，」他說，「坐下來吧，坐到我旁邊來，告訴我你的答案。」

「先生！」

「你當然會嫁給我囉。我會替你父親向總督說情，讓他還原部分的家產。我也會帶你到聖方濟各的總督家中，讓有身分、有地位的人們欣賞你的美。」

「先生！放開我！」

「給我答案，小姐！你已經讓我等很久了！」

她把手扭開，眼中散發熊熊烈火，站在他面前，雙手握拳。

「嫁給你？」她叫道，「我寧願一生不嫁、寧願嫁給士著、寧願死了也不會嫁給你！我只嫁給紳士，不然我就不嫁！我必須說，你根本就不是！」

「父親都快要家破人亡了，他的女兒還敢說這種話。」

「就算家破人亡，普利多家族身上流的血也不會改變！我想你應該不明白，因爲你的身上顯然流著不好的血。我要告訴迪亞哥你來過，他是我父親的好朋友……」

「所以你要嫁給那個有錢的迪亞哥，然後解決你父親的麻煩？你不嫁給一位正派的軍人，卻要賣身……」

「先生！」她尖叫。

她實在是忍無可忍了。她只有一個人，沒人可以幫她停止這種羞辱。她的怒火告訴她，要她自己雪恥。

她的手迅雷不及掩耳往前伸出，啪地一聲打中雷蒙上校的臉。然後她往後跳，但他已經抓住她的手臂，將她拉近自己。

「我要親你一下，讓你付出代價。」他說，「感謝上天，這麼嬌小的女人，一隻手就可以對付。」

她奮力掙扎，對著他的胸膛又捶又抓，因爲她打不到他的臉。但他只是不停笑她，將她越抓越緊，直到她力氣用盡、喘不過氣來。他將她的頭往後甩，然後看著她的雙眼。

「給我親一下做爲代價，小姐。」他說，「我很樂意馴服像你這麼野蠻的小妞。」

她試著再次掙扎，卻無計可施。她請求聖人前來幫助她。雷蒙上校大笑，彎下頭來、嘴唇靠近她的。

但他沒有成功索吻。她又開始扭著雙手，所以他被迫使力將她拉近。房間的角落傳來低沉嚴厲的嗓音。

「等一下，先生！」那個聲音說。

雷蒙上校放開女孩，轉過身來。他眨眨眼，試圖看穿陰暗的角落；他聽見蘿莉塔開心地叫出聲。

接著，雷蒙上校無視女士當前，大聲咒罵一句，因爲蘇洛大盜就站在他面前。

他不曉得大盜是如何進到房子裡來的；他沒時間想這個。他發現自己沒有帶著劍，就算有也不能用，因為他的肩膀受傷了。蘇洛大盜從角落走向他。

「或許我是亡命之徒，但我還懂得尊重女性。」卡皮斯特拉諾之禍說道，「而你，身為一位軍官，顯然沒有。你在這裡幹什麼，雷蒙上校？」

「那你又在這裡幹什麼？」

「我聽見有女士尖叫，這就足以讓紳士進入任何地方了，先生。在我看來，你打破了所有的規矩。」

「這位小姐說不定自己也不守婦道。」

「先生！」大盜吼道，「你再說這種話，我就當場殺了你，就算你受了傷也一樣！我要怎麼懲罰你呢？」

「管家！僕人！」上校突然大叫，「蘇洛大盜在這裡！抓到他就有賞金！」大盜笑了，「求救是沒有用的，」他說，「省省力氣說禱詞吧！」

「你敢威脅受傷之人！」

「你死不足惜，先生，可我不會讓你死的。但是，你要給我跪下來，向這位小姐道歉。然後離開這裡，像個卑鄙小人一樣溜走，不准說出這裡發生了什麼事。要是你說溜嘴，我發誓我會拿你的鮮血餵我的劍！」

「哈！」

「給我跪下，馬上！」蘇洛大盜喝令，「我沒時間等你。」

「我可是名軍官……」

「跪下！」蘇洛大盜再次喝令，口氣十分可怕。他跳上前，抓住雷蒙上校沒受傷的肩膀，將他甩到地上。

「快點，懦夫！告訴這位小姐，你乞求她的原諒——當然，她不會原諒你，因爲你根本不配和她說話，然後說你永遠不會再來煩她。給我說，不然你就無話可說了！」

雷蒙上校說了。然後，蘇洛大盜抓住他的衣領，把他舉起來、推到門邊，用力踹到黑暗中。要不是他的靴子很柔軟，雷蒙上校肯定會受更重的傷，無論心理上還是生理上。

蘇洛大盜關上門，管家跑進房間，害怕地看著這個戴面罩的男人。

「小姐，我想我應該有幫上忙，」大盜說，「那個混蛋不會再來煩你，不然他就準備再挨我一劍。」

「噢，謝謝你，先生，謝謝！」她叫道，「我要告訴我的父親你做的好事。管家，給先生上酒！」

既然小姐都吩咐了，管家也只有照著做。他匆匆走出房間，默默沉思著這個時代和傳統禮節的種種。

蘿莉塔站到大盜的身旁。

「先生，」她低聲說，「你救了我，讓我不致被他侵犯。你把我從那個男人骯髒的唇中救了出來。先生，雖然你或許會認爲我不夠矜持，但我願意給你一個他搶不到的吻。」

她抬起頭，閉上眼睛。

「你掀起面罩時，我不會看的。」她說。

「小姐，我承擔不起啊，」他說，「讓我親你的手，不要親嘴。」

「你丟了我的臉，先生。我鼓起勇氣說出口，但你卻拒絕了。」

「請你不要覺得丟臉。」他說。

他迅速彎下來，掀起面罩底部，輕輕用嘴碰了一下她的嘴唇。

「啊，小姐，」他說，「眞希望我是一個光明磊落的男人，能公開追求你。我的心已充滿了對你的愛意。」

「我的心也一樣。」

「這實在太瘋狂了，不能讓任何人知道。」

「我不怕告訴全世界，先生。」

「你的父親還有他的財產！還有迪亞哥！」

「我愛你，先生。」

「想想那個讓你成爲偉大女士的機會！難道，你以爲我不曉得我們在令尊的中庭談話時，你所說的那個男人就是迪亞哥嗎？這不過是一時的激情，小姐。」

「這是愛情，先生，不管有沒有結果都一樣。普利多家族的人永遠只會愛一個人而已。」

「除了傷心，還有什麼可能的結果？」

「我們等著看吧，上帝是仁慈的。」

「太瘋狂了……」

「甜蜜的瘋狂，先生。」

他將她緊緊擁入懷中，再次彎下來。她閉上雙眼接受他的吻，這一次比第一次還久。她並未刻意看他的長相。

「我說不定長得很醜。」他說。

「但我愛你。」

「說不定醜到不行呢，小姐……」

「我還是愛你。」

「我們兩個有什麼希望可言？」

「快走，先生，在我父母回來以前。我會說你將我從侵犯之中救了出來，然後就離開了，其他我都不會說出口。他們會以爲你來搶劫迪亞哥。先生，請做回好人吧，就算是爲了我。做回好人，向我求婚。沒人看過你的長相，你若摘掉面罩，永遠不會有人知道你的罪過的。你不是普通的小偷，我知道你爲何要行竊，是爲了替弱者尋仇、懲罰殘忍的政治高官、幫助受壓迫者。我知道你把偷走的東西都贈送給了窮人。噢，先生！」

「可是小姐，我的使命尚未結束，我覺得我一定要完成它。」

「那麼就去完成它吧！希望聖人能保佑你，我確定祂們會的。完成之後，回來找我。不管你打扮成什麼樣子，我都會認出你。」

「小姐，我也等不了那麼久。我會常常來看你，不然我活不下去。」

「好好保重。」

「現在開始，我一定會好好保重，因爲我多了一個理由。生命從未像現在如此美好。」

他慢慢後退，轉身看向鄰近的窗戶。

「我得走了，」他說，「我不能等酒送來。」

「那只是一個藉口，好讓我們可以獨處。」她坦白說。

「下次見了，小姐，希望不會隔太久。」

「保重，先生！」

「我會的，心愛的。小姐，再見！」

他們眼神再度交會，接著，他揮揮手，用大衣緊緊裹住身軀，跑到窗戶邊，跳了下去。外頭的黑暗吞沒了他。

第十四章　雷蒙上校的信

雷蒙上校從迪亞哥・維加家門前爬了起來，在黑暗中飛奔，來到一條通往要塞的斜坡小徑上。

他的胸中燒著熊熊怒火，臉色氣得發紫。要塞裡僅剩下六名士兵，因爲駐衛隊大部分的成員都跟著岡薩雷斯走了。這六個當中，四人生病、兩人則是常備衛兵。

因此，雷蒙上校無法派兵到維加家追捕大盜；此外，他判斷蘇洛大盜只會在那裡逗留幾分鐘，然後就騎馬逃走了，因爲他總是不會在同一個地方停留過久。

再說，雷蒙上校可不希望人們知道蘇洛大盜又給他遇上了，而且還像對待低賤勞工般對待他。難不成他要說，他羞辱了一位小姐，蘇洛大盜因此懲罰了他，還叫他跪下來道歉，然後把他當狗一樣踢出門外？

上校覺得最好還是別提起這件事。他猜蘿莉塔應該會告訴她的父母，管家也會做證，但是他不認爲卡洛斯會做出任何舉動。卡洛斯在冒犯軍官之前，應該會三思而後行，畢竟總督已經對他很不滿了。雷蒙只希望迪亞哥不會知道發生了什麼事，因爲維加家族的人若與他唱反調，他的上校官位可就不保了。

雷蒙上校在辦公室來回踱步，讓心中的憎恨不停地滋長，想著今天發生的一切和其他的事。他很清楚這個時代是怎麼一回事，他知道總督和他身邊的人都很需要更多資金，用來浪費在他們放縱的生活上。他們專門找那些有錢人的碴，只要這些人有一絲可疑行爲就極力打擊。他們會很高興新受害者出現的。

上校何不獻上一個，還可同時加強與總督的關係？上校敢不敢暗示，維加家族可能已動搖對總督的忠心呢？

至少他可以做一件事，他想著。他可以報復卡洛斯・普利多的女兒帶給他的屈辱。雷蒙上校想到這點，不禁露出笑容。他請手下拿來信封、信紙，並通知其中一位可信賴的僕人準備出門，因爲待會就要替他送信。

雷蒙在房裡走來走去好幾分鐘，思索著整件事，想著該如何寫下這一封信。終於，他在長桌前坐下，致信給位於聖方濟各官邸的總督閣下。

信的內容是這樣的：

有關這位人稱蘇洛大盜的盜賊，已經有進一步的情報。很抱歉，我還無法向您報告您關於這個惡棍的下落，但我相信您會對此有所寬容，因為目前的情況變得不太尋常。

我已下令傾大部分的軍力追捕這個傢伙，吩咐士兵親自捉拿他，抑或呈上他的屍首。可是，這名蘇洛大盜並非單打獨鬥。鎮上某處有人給予他支援，必要時甚至提供藏身，供給食物、飲水以及——毫無疑問的——新馬。

昨天，他造訪了卡洛斯‧普利多的莊園，意即那位與閣下作對的紳士。我派人前往，並親自出馬。正當士兵去追逐他的蹤跡時，那個男人從卡洛斯家中客廳的一個櫥櫃現身，以詭詐的方式攻擊我。他傷了我的右肩，但我奮力回擊，使他驚恐之下迅速逃走了。值得一提的是，卡洛斯不知怎地，阻擋我上前追他。除此之外，當我抵達莊園時，種種跡象顯示那個男人已在此用過晚餐。

普利多莊園是這種罪犯藏匿的絕佳地點，因為它不在主要大道上。我擔心蘇洛大盜已將此處作為他在鄰近地區活動時的基地；我等著您針對此事下相關命令。我還想順帶一提，當我在場的時候，卡洛斯對我不甚尊敬，其女蘿莉塔亦時時顯露出對這位大盜的孺慕之情、經常嘲諷軍隊為追捕大盜所做出的努力。

此外，種種跡象顯示，鎮上有個聲望財富俱佳的家族似乎已經開始動搖對閣下的忠誠，不過，我不能在這封書信中寫太多細節，請您諒解。

致上最深的敬意，

上校司令官雷蒙司，洛杉磯鎮要塞　筆。

寫完信後，雷蒙咧嘴而笑。他知道，總督會開始臆測最後一段所提到的事。維加家族是唯一一個符合該描述、聲望財富俱佳的家族。至於普利多家族，雷蒙上校能想像得到他們會發生什麼事。總督必會毫不猶豫做出懲罰，或許蘿莉塔發現自己失卻了安全感，就不會拒絕一名軍隊上校的追求了。

現在，雷蒙開始抄寫這封信的第二個副本，打算一封交由信差送去、一封留著備份，以免發生了什麼事，他需要做爲參考。

抄完副本，他摺好並密封第一封信，將信帶到士兵的休息室，拿給那位他挑選作爲信差的士兵。這位士兵向他敬禮，匆匆離開、騎上馬匹，快馬加鞭往北方去，前往聖費爾南多與聖芭芭拉，再騎到聖方濟各。上校的命令言猶在耳，要他盡快送達，並在每個傳教站和村鎮裡，以總督閣下之名更換馬匹。

雷蒙回到辦公室，倒了一杯剛剛好的酒，開始閱讀信件副本。他有點希望自己的措辭能更強烈一些，但他知道最好還是輕描淡寫一點，總督才不會覺得他在誇大。

他時不時停下來咒罵蘇洛大盜，並且想著蘿莉塔的美貌和氣質。他告訴自己，她用那種態度對待他，一定要受到應有的懲罰。

他猜，蘇洛大盜此時應該在好幾英里外，離洛杉磯鎮越來越遠了；但是，他錯了。那位士兵稱爲卡皮斯特拉諾之禍的男人在離開迪亞哥．維加的房子後，並沒有急著離去。

第十五章　要塞事件

蘇洛大盜在黑暗中走了一小段路，來到一間土著小屋的後方，也就是他留下馬匹的地方。他站在屋後，想著方才降臨在他生命中的愛情。

他輕輕一笑，似乎頗爲開懷。接著，他上了馬，緩緩騎上通往要塞的小路。他聽見有一名騎士從要塞疾馳離去，猜想應是雷蒙上校派人前去召回岡薩雷斯中士和部隊，以追蹤大盜的新足跡。

蘇洛大盜很清楚要塞裡的事物如何發展，他知道那裡有多少士兵可對付他：其中四名發燒生病、一名已經騎走，所以上校身邊現在只剩一名狀態良好的士兵而已。

他又笑了一聲，讓馬兒緩步爬上斜坡，不發出一點聲響。他在要塞後方下了馬，讓韁繩拖在地上，因爲他知道他的馬不會離開半步。

他在黑暗之中躡手躡腳來到要塞的外牆，小心翼翼地沿著牆行動，接著來到一扇窗下。他站在一堆泥磚上，往裡面窺探。

他所窺看的房間，正是雷蒙上校的辦公室。他看見這位司令官坐在桌子前面，讀著一封顯然才剛書寫完畢的信。雷蒙上校就像許多邪惡之人一樣，正在自言自語。

「這將使得那位美麗的小姐害怕不已，」他說，「這封信會給她一個教訓，教她對閣下的軍官放尊重一些。等到她的父親因為嚴重叛國的罪名進了牢房，家產全數被沒收，說不定她就願意聽我說話了。」

蘇洛大盜將這些話聽得一清二楚。他馬上就猜到雷蒙上校打算進行報復，盤算著如何傷害普利多家族。蘇洛大盜在面罩下的表情變得極為憤怒。

他從泥磚下來，繼續沿著牆壁小心地走，來到一個轉角。在前門這一側的牆上，火把正在插槽中燃燒著。駐衛隊僅剩的那一名強健衛兵則在門口來回踱步，腰帶插著一把手槍、身側則有一把長劍。

蘇洛大盜觀察士兵踱步的距離長度。他準確地估算遠近，在士兵轉身踱步的一瞬間，撲身跳了上去。

他的雙手緊緊扣住士兵的咽喉，用膝蓋擊中其背部。他們馬上就在地上扭成一團，驚訝的衛兵拚盡全力抵抗。蘇洛大盜知道，一點點吵鬧聲就可能釀成大災，因此便用槍托重擊士兵的太陽穴，使他安靜下來。

他將失去意識的士兵拖到陰影下，從披肩一頭撕下一塊長條布，塞進他的嘴裡，再用別的長條布綑綁他的手腳。接著，他將大衣裹住身子，看著手槍，仔細傾聽，確定和士兵的短暫打鬥沒有引起要塞內部任何人的注意後，便悄悄溜向大門。

他很快就進到了門內。在他面前的，是一間有著泥質硬地板的會客大廳。大廳內有一些長桌、臥鋪、酒杯、馬具、馬鞍和馬勒。蘇洛大盜看了一眼，確定無人在大廳裡後，便迅速且不出聲音地走到通往司令官辦公室的門邊。

他確定手槍已經準備好、可以隨時使用之後，大剌剌地推開了門。雷蒙上校背對著門坐在椅子上，他猛地轉身，嘴巴皺了起來、正要咆嘯一番，以為是屬下進來了，卻沒事先敲門，準備好好訓斥這個傢伙。

「不准出聲，先生，」大盜警告，「要是發出任何聲響，你就準備命喪黃泉，就算只是倒抽一口氣也一樣。」

他的雙眼牢牢盯著司令官的眼睛，關起身後的門，然後走進房間。他慢慢向前走，不發一語，手槍拿在胸前。雷蒙上校雙手放在眼前的桌上，臉色變得慘白。

「先生，我想我有必要前來拜訪你一趟，」蘇洛大盜說，「我可不是因為仰慕你的俊容而來的。」

「你來這裡做什麼？」上校問，毫不理會大盜要他不准出聲的命令，但是他的聲音跟耳語差不多。

「我碰巧從窗外看了進來，先生。我看見你面前的桌子上有一封信，也聽見你在說話。自言自語可不是件好事啊。要是你默不吭聲，我或許就走了，繼續去辦我的事情。但是……」

「所以呢，先生？」上校問，昔日的傲慢語氣又回來了。

「我想在你面前讀一讀那封信。」

「你對我的軍事事務這麼有興趣嗎？」

「關於這點，我們就別談了，先生。請你將手從桌上移開，但不准去拿身上的手槍，除非你想立刻喪命。將你的靈魂送往來世，我可是一點也不傷心。」

司令官照做了，蘇洛大盜謹愼地走上前，快速攫走信件。然後，他往後退了幾步，仍盯著眼前的男人。

「我要讀信了，」他說，「但是我警告你，我還是會緊緊盯著你的。不准有所動作，先生，除非你想去探望你的老祖宗。」

他快速讀著信，看完之後，他直盯著司令官的雙眼，好一陣子不說話。他的眼睛透過面罩，散發惡毒的光芒。雷蒙上校開始不安起來。

蘇洛大盜走到桌子前，仍然看著上校，然後將信拿到一根蠟燭的火焰上。信紙著火並燒了起來，掉在地板上，成爲一團灰燼。蘇洛大盜一隻腳踩在上面。

「這封信寄不出去了，」他說，「所以你連女人都要打擊，是嗎，先生？虧你還是一個勇敢的軍官、爲閣下增光的部屬！要是他知道這件事，我敢保證他絕不會讓你升官。你羞辱一位小姐，因爲她的父親現在和當權者處得不好；你就打算給她的家庭帶來麻煩，因爲她拒絕你、給了你應得的。這些行爲還眞是高尚啊！」

他又向前一步，彎下腰來，手槍仍然拿在胸前。

「不要讓我聽說你又寄出任何一封和我剛剛摧毀的那封信相似的信件，」他說，「我很遺憾此時此刻你沒辦法站在我面前和我交手。將你刺死，對我的劍來說是一大羞辱，但是我很樂意爲這個世界剷除像你這種人渣。」

「你竟敢對受傷之人說這種話。」

「不用懷疑，傷口一定會好。我會時時注意它好了沒。等傷口痊癒了，你也恢復力氣，我將不遺餘力把你找到、跟你算帳，讓你爲今晚企圖做出的事付出代價！我們就這樣約定了。」

他們的眼神再次燒著熊熊火光，彼此對看互瞪。蘇洛大盜向後退，將大衣緊緊裹住身體。他們的耳邊突然響起馬具的刺耳碰撞聲、馬蹄的奔馳踩踏聲，以及佩德羅・岡薩雷斯中士的粗嘎嗓音。

「不要下馬！」中士在門口對士兵們大喊，「我只是要報告進度，然後就要繼續追尋那個混蛋！抓到他前，不得休息！」

蘇洛大盜快速掃視房間，因爲他知道從入口逃跑的路徑已被切斷。雷蒙上校的雙眼閃著熱切的期盼。

「嘿，岡薩雷斯！」他在蘇洛還沒來得及警告他之前，就放聲大叫，「快來救我，岡薩雷斯！蘇洛大盜在此！」

接著，他挑釁地看著大盜，彷彿是在告訴他，有什麼手段儘管使出來沒關係。

但是蘇洛大盜似乎不想開槍、奪去上校的性命，而是希望留他一條活路，等到他的肩傷痊癒後，再與他鬥劍。

「待在原地！」他喝令道，衝到最近的窗口。

可是，中士已經聽見了。他命令屬下跟隨著他，接著衝過會客廳、來到辦公室門口，將門推開。他看見那個戴面罩的男人站在桌子旁邊，司令官則坐在桌前，雙手攤開；他發出一聲怒吼。

「我的老天，我們抓到他了！」岡薩雷斯大叫，「部隊快進來！看好大門！一些人去看守窗戶！」

蘇洛大盜已經將手槍換到左手，並且拿出了長劍。此刻，他伸出劍，將之揮到旁邊，打下桌上的蠟燭。蘇洛踩住剩下那根仍在燃燒的蠟燭，將它踩熄——房間陷入一片黑暗。

「光！拿火把來！」岡薩雷斯叫喊著。

蘇洛大盜跳到一邊、靠著牆壁，快步沿著牆走。岡薩雷斯和另外兩名士兵進到房裡，還有一名留在門邊看守。好幾名士兵跑到另一個房間去拿火把，同時忙著閃過彼此。

拿著火把的士兵終於跑了進來，卻尖叫一聲、倒了下去，原來是胸口被劍給刺中了。火把掉到地上，熄滅了。接著，在中士抵達士兵受襲的位置之前，蘇洛大盜再次回到黑暗之中，沒人找得到他。

岡薩雷斯大聲咒罵，拚命尋找他想置之死地而後快的那個男人；上校大喊著要他小心，別誤殺了某個士兵；其他人則四處亂衝亂撞。一名士兵從另一個房間拿了第二支火把來。

蘇洛開了槍，將火把從那個人手中射了下來，又衝上前踩熄火把，然後再度退回黑暗之中，一邊快速變換位置，一邊注意聽沉重的呼吸聲，確認各個敵人的準確所在。

「抓住那個混帳東西！」司令官大喊，「一個人就能如此戲弄你們這麼一群人嗎？」

接著，他突然緘默了，因爲蘇洛大盜已從背後抓住了他、閉上他的嘴巴。大盜的聲音壓過了所有的喧鬧聲。

「各位士兵，你們的上校在我手中！我押著他在我身前，從門口退出。我要穿越另一個房間，走到外頭。我已經發射了一把槍，但我還有一把抵在上校的腦袋瓜上。要是你們攻擊我，我就開槍，你們的上校就沒了！」

上校感覺後腦勺有一塊冰冷的金屬，連忙尖聲要屬下謹慎行事。蘇洛大盜帶著他到門邊，將他押在身前，慢慢向後退。岡薩雷斯與其他士兵則盡可能緊跟著他，注意他的一舉一動，希望有機會趁他不注意時抓住他。

他穿越要塞的會客廳，來到通往外頭的大門。他有些害怕外面的士兵，因爲他知道有些人已包圍這棟建築，看守各個窗戶。門外仍有火把在燃燒，蘇洛大盜舉起手將它打下，使之熄滅。可是，只要他一踏出門外，仍有巨大的危險在等著他。

岡薩雷斯和士兵們在他面前呈扇狀分散開來，屈身向前，等待機會襲擊。岡薩雷斯手裡拿著槍（雖然他聲稱他很瞧不起這種武器），尋找機會射擊，但同時又不危及上校的生命。

「退後，各位先生！」大盜下令，「我要更多空間才能逃跑。就是這樣，謝謝。岡薩雷斯中士，若非情況危急，我還想和你舞舞劍，再次擊落你的劍。」

「我對天發……」

「改天吧，中士。現在，各位先生，注意聽！我很不願這麼說，但是其實我只有一把手槍。上校在後腦勺所感覺到的東西，其實只不過是一塊我從地上撿到的馬勒釦子。這個把戲要得還不錯吧？再見了，先生們！」

他突然將上校往前一推，衝進黑暗之中，跑向他的馬匹，整個軍隊緊追在後，手槍不停發射，槍火劈開黑色的夜、子彈咻咻擦身而過。從遙遠的海面上吹襲而來的冷風中，傳來他陣陣的笑聲。

第十六章　追緝失敗

蘇洛大盜策馬騎下地勢陡峭危險的邊坡，此地砂石鬆軟，踏錯一步就會鑄成大錯，導致軍隊追趕的速度慢了下來。岡薩雷斯中士勇氣過人，一些士兵跟著他追，其他士兵則左右開弓，打算於逃犯來到坡底轉向之時，進行攔截。

然而，蘇洛大盜搶先一步，駕馬奔騰，取道往聖蓋博的路徑。眾士兵緊追其後、互相叫喚彼此，時不時開上一槍，浪費大量的火藥和子彈，因爲到目前爲止，他們捕捉或打傷大盜的意圖皆未果。

月亮很快就爬上了樹梢。蘇洛大盜已預料到這一點，他知道這會使他的逃脫行動難上加難。不過，他的馬兒仍精力充沛、身強體壯，而軍隊所乘的馬匹白天卻已騎了許多里路；希望還沒破滅。

現在，窮追不捨的那些士兵可以清楚看見他的身影，他聽見岡薩雷斯中士對著屬下大喊，要他們快馬加鞭、全力衝刺，抓到蘇洛。他一邊騎著馬、一邊往後看，發現整個部隊分散成長長一列，較爲強壯、活力較足的馬匹遙遙領先其他同伴。

他們就這樣騎了五里遠，軍隊雖仍保持與他的距離，卻也無法拉近。蘇洛大盜知道他們的馬很快就會疲乏，而他所騎乘的這匹健馬必會將他們遠遠拋在後頭，因爲到現在牠都沒有一絲疲憊感。只有一件事困擾著他——他想往反方向騎。

丘陵出其不意地聳立於大道兩旁，這突如其來的地形轉變使他不可能改變方向、做大幅度的調頭，而且這裡也沒有任何小路可以走。況且，如果要馬兒爬坡，他的速度勢必會慢下來，軍隊就能更接近他、朝他開槍，說不定就會射中他。

所以，他繼續往前騎，開始拉遠距離，因爲他知道再過兩里路，會有一條右側的小徑，只要沿著它走，就能來到地勢較高的地方，然後原路折返。

他騎了一里路後，這才想起來：有消息說近日一場豪雨曾引發土石流，堵住了較高的那條路。所以就算他到得了那裡，也不能利用它。他的腦中閃過一個大膽的念頭。

他來到地形稍微高起之處，又回頭看了一眼，發現沒有任何士兵倆倆並肩騎馬。他們全都分散開來，彼此皆有一段距離。這將對他的計畫有所幫助。

他在大道上轉了個彎，接著使馬兒停下來。他讓馬頭面對著來時路，彎身靠近馬鞍，仔細聆聽。當他聽到距離最近的士兵踢踏接近時，便拔出劍來，用左手腕拉扯韁繩、轉了個彎，然後猛地使用尖銳的馬刺狠狠刺了馬腹一下。

他的坐騎並不習慣這種粗魯的對待方式，除了在奔跑或者主人需要加快速度的情況下，其他時候牠從沒有受過馬刺的刺激。現在，牠像一道閃電般往前衝，彷彿一匹脫韁野馬急轉個彎，逼近蘇洛大盜最近的敵人。

「閃開！」蘇洛大盜大喊。

最前頭的士兵馬上向後退，因為他不曉得是不是大盜回頭了。等他確定之後，他拉高嗓音將這個消息告訴後面的人，但是因為路面上達達不休的馬蹄聲，所以沒人聽清楚他說的話。

蘇洛大盜逼近第二個人，和他鬥劍後，繼續往前騎。他再次轉了彎，他的馬一頭撞上另一匹，使之摔出大道。蘇洛轉向第四個人，但沒有擊中他，不過幸好那個傢伙的反擊也沒有打到他。

現在，前方的道路變得十分筆直，他的馬上敵人全都四散各處。他像個瘋子般一一衝過他們，經過時對他們又刺又砍。岡薩雷斯中士在很後面，因為他的馬已經累壞了。他弄清楚狀況後，對著屬下尖聲叫喊，但一道閃電似乎擊中了他的馬，將他摔下馬來。

蘇洛大盜穿越他們逃跑了，他們再次緊追在後，領頭的中士咒罵聲連連。這次，雙方的距離比先前還要大。

他讓馬兒稍稍放慢速度，與後方保持一定距離。他來到第一個交叉路口，轉了個彎。他選擇地勢較高的路，回頭看見追逐者正越過山丘、一個接著一個湧現，離他越來越遠，但仍堅持不懈。

「這招眞有用，」蘇洛大盜對他的馬說，「但可不能太常使用！」

他經過一座莊園，莊園主人和總督關係很好。他突然想到一件事——岡薩雷斯說不定會停在這裡，爲自己和屬下更換馬匹。

他猜的一點也沒錯。軍隊騎上了私人車道，狗兒狂吠著歡迎他們。莊園主人來到門邊，頭上高舉一座大燭台。

「我們在追蘇洛大盜！」岡薩雷斯大喊，「我們需要精力旺盛的馬匹，以總督之名命令你！」

莊園主人叫來他的僕人，岡薩雷斯和手下趕緊跑到馬欄。那兒有許多駿馬，幾乎就和大盜所騎的馬匹一樣好，而且全都精力充沛。士兵們趕緊從他們疲累不堪的馬匹身上取下馬鞍和馬勒，然後放到新馬身上，接著再次上路，繼續追逐。蘇洛大盜已經領先不少距離，但現下只有一條路徑，他們仍有可能會追上他。

三里之外的一座小山丘上，有座遺贈給聖蓋博傳教站的莊園。莊園主人是位紳士，因爲過世時沒有任何繼承人，所以便將土地捐贈出來。總督一直威脅著要將此莊園收歸國有，但至今仍尚未成功，因爲聖蓋博的方濟會修士可是以守護自家財產的堅毅決心而出名的。

掌管此莊園的是一位名叫菲利普的修士，他是方濟會的成員之一，獨自一人生活數年。在他的管理下，新入會者將這片土地經營得當、收益豐厚，他們飼養許多牲畜，並在庫房囤積大量獸皮、獸脂、蜂蜜和水果，還有美酒。

岡薩雷斯知道他們現在走的這條路會通往這座莊園，也知道過了莊園會出現另一條分叉路，一條通往聖蓋博，一條則經由較遠的路程，回到洛杉磯鎮。

倘若蘇洛大盜行經莊園未停，就表示他會取道往村鎮的路徑，因爲如果他要去聖蓋博，勢必得繼續走皇家大道，不可能冒險返頭、再衝過整個部隊。

但他十分懷疑蘇洛會就這樣過莊園而不入。大家都知道這位大盜非常仇視那些迫害修士的人，聽說所有的方濟會修士都因此對他十分友善、給予他許多援助。

士兵現在可以看見莊園了，卻沒看見任何燈光。岡薩雷斯示意大家停在私人車道的入口，仔細聽是否有大盜的聲響，卻是徒勞無功。他下馬查看塵土滿布的小路，可是看不出來不久前是否有人騎向屋子。

他快速下令，將軍隊分散，一半的人和中士一起行動，其他的人四處散開，分別前去包圍房子、搜索土著小屋、查看穀倉。

接著，岡薩雷斯中士騎上車道，一半的手下跟在後面。他讓馬兒踏上外廊階梯，表示他對這個地方毫不尊重，然後用劍柄敲了敲門。

第十七章　岡薩雷斯巧遇友人

很快地，燈火從窗內流瀉而出，不一會兒，門打開了。菲利普站在門口，一手遮護著蠟燭。這位身材高大的男人雖已年逾六十，但在年輕時曾經權傾一時。

「這些噪音是怎麼一回事？」他用他那低沉的嗓音問道，「你這惡魔之子又爲何將馬騎上了我的外廊？」

「我們在追蘇洛大盜，修士，也就是人稱卡皮斯特拉諾之禍的傢伙。」岡薩雷斯說。

「你期待能在寒舍找到他？」

「比這更奇怪的事情都發生過了。回答我，修士！你不久前有沒有聽到一名騎士奔馳而過的聲音？」

「沒有。」

「那麼，蘇洛大盜最近有沒有來拜訪過你？」

「我不認識你所說的這個人。」

「但你肯定有聽說過他囉？」

「我聽說過他幫助受壓迫的人民、懲罰做出瀆神行爲的歹人、鞭打虐待印第安人的殘暴之徒。

「你說話好大膽，修士。」

「我的本性就是說出眞相，軍官。」

「你會給自己惹上麻煩、與當權者產生衝突的，穿長袍的方濟會修士。」

「我不懼怕政治人物，軍官。」

「我很不喜歡你說話的語氣，修士。我頗想要下馬讓你嘗嘗鞭子的滋味！」

「先生！」菲利普大喊，「要是我年輕個十歲，我可是能給你一點顏色瞧瞧的！」

「這點倒是値得商榷。不過，回到我之所以上門拜訪的原因。你當眞沒看見一個戴著面罩、人稱蘇洛大盜的惡徒？」

「沒有，軍官。」

「我要派人搜你的家。」

「你認爲我在說謊？」菲利普大喊。

「我的手下必須做點事情消磨時間，而他們當然也能搜查這間屋子。你應該沒有藏匿什麼東西吧？」

「顧及你們這群來客的身分，我想我應該把酒杯藏起來才是。」菲利普說。

岡薩雷斯中士咒罵了一聲，接著從馬背上下來，其他人也跟著下馬。中士的坐騎被帶離外廊，和看馬人一同在外等候。

岡薩雷斯脫下手套，將劍插回劍鞘，踏進門內，其他士兵跟在後頭。菲利普一邊後退，一邊抗議他們擅自闖入房屋。

房間遠遠的一角，有個男人從沙發上起身，走進燭台散發出的光圈中。

「如果我沒看錯，這不是我那位吵鬧不休的朋友嗎？」他大叫。

「迪亞哥！你怎麼在這裡？」岡薩雷斯倒抽一口氣。

「我這幾天都在我的莊園處理生意，今天前來和菲利普借宿一晚，我們從小就認識了。這個時局混亂的年代啊！本以爲在這座稍稍偏離大道、由一位修士負責經營的莊園裡，我至少能夠平靜休息一下子，不用再聽聞那些暴力又血腥的事。但是看樣子沒辦法。這個國家難道沒有任何地方，可以讓人沉思冥想、吟詩作賦？」

「他媽的肉泥和羊奶！」岡薩雷斯大叫。

「迪亞哥，你是我的好友，也是一位眞正的紳士。告訴我，你今晚有沒有看見蘇洛大盜？」

「沒看見，中士。」

「你沒聽見他騎經莊園？」

「沒有。可是，若有人騎馬經過，我們在房子裡可能也聽不到。我和菲利普一直在聊天，你來的時候我們正準備要就寢。」
「那麼那個混帳肯定是騎經這裡，朝通往村鎮的路徑走去了！」中士說。
「你有看到他？」迪亞哥問。
「哈！我們還緊追著他不放咧！可是在一次轉彎時，他和大約二十名同夥碰頭會合。他們朝我們這邊衝過來，企圖分散我們，但是我們擊退他們，繼續追逐蘇洛大盜。我們將他和其他同夥分開，開始追他。」
「你說他有二十個同夥？」
「整整二十個。我的屬下可以證實。他是軍隊的肉中刺，但是我已經發誓要將他歸拿到案！一旦我們面對面決鬥……」
「你事後會告訴我整個經過？」迪亞哥搓著雙手問他，「你會跟我說你是如何在打鬥時嘲笑他、如何戲弄他，又是怎麼逼近他、解決他……」
「我的老天！你是在戲謔我嗎，我的好紳士？」
「開開玩笑罷了，中士。現在我們既然已經認清彼此身分，或許菲利普可以為你和你的屬下送上酒來。經過一番追逐後，你們肯定累壞了。」
「可以喝酒就太好了。」中士說。
下士此時走了進來，向中士報告他們已經搜過所有的小屋和穀倉，馬欄也是，但是沒有發現任何蘇洛大盜的蹤跡。

菲利普送上了酒，雖然他心不甘情不願的，顯然只是回應迪亞哥的要求。

「那麼，你們現在要怎麼做呢，中士？」酒送上餐桌之後，迪亞哥問。「你非得一直四處追殺他，製造騷動混亂？」

「那個混蛋肯定是回頭騎往洛杉磯鎮了，我的好紳士。」中士回答，「他以爲他很聰明，但我知道他的計畫是什麼。」

「哈！他的計畫是？」

「他會騎經洛杉磯鎮，取道聖路易斯王鎮。不用懷疑，他會在那裡休息一陣子，甩掉所有追擊的人，接著繼續前往聖胡安－卡皮斯特拉諾一帶。那裡是他發跡之處，也是他被叫做卡皮斯特拉諾之禍的原因。對，他會去卡皮斯特拉諾。」

「那麼士兵們要怎麼做？」迪亞哥問。

「我們就慢慢追上他。我們會到那兒去，等到他下一次暴行傳開來，那時我們已經離他不遠了，而不是還待在鎮上的要塞裡。我們就能找到最新的足跡，開始追緝。在我們成功捕殺或捉拿那個混帳之前，我們都不會休息。」

「並且贏得獎金。」迪亞哥補充道。

「你說的一點也沒錯，我的好紳士，賞金將會垂手可得。但我也是爲了報仇。那個混帳曾經將我繳械。」

「啊！就是他拿槍對著你，逼你不准認眞戰鬥那次？」

「就是那次，我的朋友。喔，我要跟他算帳！」

「這個時局混亂的年代啊！」迪亞哥嘆了口氣，「眞希望這一切趕快平息。人們根本沒有機會好好沉思。我有好幾次都在想，我應該騎到遙遠的山區裡，在那兒除了響尾蛇和土狼之外，沒有任何生物，然後在那裡生活個幾天。唯有如此，人們才能沉思。」

「幹嘛沉思呢？」岡薩雷斯說，「何不停止思考，直接付諸行動？我的好紳士，如果你能偶爾眼露凶光、稍微與人爭執吵架，並時不時發威一下，你一定可以成爲眞男人的。你所需要的，就是幾個可惡的敵人。」

「祈求聖人保佑我們喲！」迪亞哥大叫。

「我說的都是實話，好紳士！試著戰鬥，和某位小姐求愛，喝個爛醉！醒一醒，做個男子漢！」

「天哪！你差點就說服我了，中士。但是……不了。我受不了這麼累人的事情。」

岡薩雷斯在他的濃密鬍髭下低聲罵了幾聲，然後站了起來。

「修士，雖然我不太喜歡你，但是謝謝你的酒，很好喝。」他說，「我們要繼續上路了。軍人只要還活著的一天，職責就永無完結之時。」

「別提上路這兩個字！」迪亞哥大叫，「我明天也得動身出發了。莊園的事務已經完成，我要回鎮上去了。」

「好朋友，希望你能熬過歸途才好。」岡薩雷斯中士說。

第十八章　迪亞哥回來了

蘿莉塔自然要先告訴她的父母他們不在時發生了什麼事，因為管家知道事情始末，等迪亞哥回來必然會告訴他。蘿莉塔很聰明，她知道自己事先向雙親解釋會比較好。

管家當時被她叫去拿酒過來，所以對於現場發生的愛情場面渾然不知，小姐只告訴他蘇洛大盜已經匆匆離開。這個說詞十分合理，因為大盜正受軍方追捕。

因此，女孩告訴她的父母，雷蒙上校在他們不在家的時候登門拜訪，並且不顧管家的懇求，強行進入大廳要和她說話。她說，他或許是喝太多酒了，要不就是因為受傷的緣故，變得和平常不一樣，總之他相當大膽，竟然以令人極度反感的狂熱之情逼婚，最後甚至堅持索吻。

接著，小姐繼續說著，蘇洛大盜就從房間一角走了出來——她不知道他為什麼會在那裡，迫使雷蒙上校向她道歉，然後將他趕出屋子。之後——這部分她沒有講出全部的事實，蘇洛大盜鞠了個躬，匆匆離去。

卡洛斯聽完後，只想拿一把劍，立刻衝到要塞，和雷蒙上校來場生死決鬥。但是卡塔琳娜比較冷靜，她告訴他，這麼做只會讓全世界都知道他們的女兒受到羞辱，況且若和軍官起衝突，對他們的財產也不會有幫助；此外，他已上了年紀，上校說不定兩三下就能將他擊倒，留下卡塔琳娜落淚守寡，她可一點也不想要。

所以，卡洛斯只好一邊在大廳裡來回踱步，一邊氣呼呼地碎碎念，希望自己可以年輕十歲，或者能夠再次掌握政治大權。他發誓，如果女兒願意嫁給迪亞哥，而他也能再次立足政壇，他要雷蒙上校蒙羞，並且親眼看見他的軍服被扯下來。

蘿莉塔坐在她的房間裡，聽著父親的憤怒之言，發現自己面臨一個艱難的處境。她現在當然不能嫁給迪亞哥了。她已經將自己的吻和愛獻給了另一個人，一個她從未見過眞面目的男人，一個遭到軍方追殺的亡命之徒。可是，當她說普利多家族的人永遠只會愛一個人時，她說的是眞心話。

她試著說服自己，她會獻吻給那個男人，只是出自一時激情；她告訴自己，他第一次於午睡時間在父親的莊園和她說話時，她的心其實並沒有任何波動。

她還沒準備好告訴父母，有一段愛情已來到她的生命中，因爲守著這份秘密是很甜蜜的一件事。此外，她也十分害怕面對他們的震愕之情，擔心父親會將她送到別的地方，讓她永遠不能再見蘇洛大盜。

她走到窗前，往外看出廣場，看見了迪亞哥正在遠方接近中。他騎得非常慢，好像極其疲倦，而他的兩名土著僕人則跟在他身後不遠處。

靠近屋子時，一些人大聲叫他，他只是沒精打采地揮手回應他們的迎接。他慢吞吞地下了馬，其中一位士著握住馬鐙幫他下來。接著，他拍掉身上的塵土，走向大門口。

卡洛斯和妻子起身歡迎他，笑容可掬，因爲他們前一晚才重新被上流社會所接納，並且十分清楚這都是因爲他們是迪亞哥的座上賓。

「很抱歉你們抵達時，我不在家，」迪亞哥說，「但是我相信你們在寒舍應該過得十分舒適。」

「住在這麼豪華的地方，豈止是舒適而已！」卡洛斯叫道。

「那你們可眞是幸運，老天知道我有多麼不舒服。」

「怎麼會呢，迪亞哥？」卡塔琳娜問。

「我在莊園的工作完成之後，我就騎到菲利普修士遙遠的房子，想要安安靜靜度過一晚。可是，正當我們準備就寢，門口卻傳來如雷的敲門聲，岡薩雷斯中士和一群士兵跑了進來。他們似乎在追蘇洛大盜，但在黑暗之中追丟了他！」

美麗的蘿莉塔在另一個房間聽到後，默默感謝上天。

「這個年代眞是時局混亂。」迪亞哥繼續說，邊嘆氣邊擦去前額的汗珠。「那群吵吵鬧鬧的傢伙和我們待了一個小時，然後就繼續去追緝。他們說的那些暴力事情讓我做了好可怕的惡夢，所以我沒什麼休息。接著，今天一早我又被迫繼續騎回洛杉磯鎮。」

「眞是辛苦你了。」卡洛斯說，「蘇洛大盜在士兵追緝他之前，曾來過這裡，我的好紳士。」

「這是在說什麼?」迪亞哥大叫，坐直身子，突然表現出興趣來。

「他肯定是來偷東西的，要不就是想要綁架你，然後索求贖金。」卡塔琳娜說，「但我不認爲他有偷到東西。卡洛斯和我當時正在拜訪朋友，蘿莉塔獨自一人在這兒。我們……我們有一個壞消息要告訴你……」

「請你們繼續說。」迪亞哥說。

「我們離開之後，要塞的雷蒙上校前來拜訪。他聽說我們不在家，卻仍強行入門，對小姐做出無禮之舉。蘇洛大盜跑進來，強迫上校道歉，並且將他趕走。」

「嗯，眞是一個好心的強盜!」迪亞哥大叫，「小姐是不是受了不少苦?」

「這倒是沒有。」卡塔琳娜說，「她認爲雷蒙上校喝太多酒了。我去叫她。」

卡塔琳娜走到房門，將女兒叫過來，蘿莉塔走進房間，以閨女該有的儀態迎接迪亞哥。

「讓你在我家受到這種侮辱，使我相當難過。」迪亞哥說，「我會好好處理此事。」

卡塔琳娜向丈夫示意，兩人坐到遠遠的角落，好讓年輕人獨處。迪亞哥似乎很高興，但蘿莉塔可不這麼覺得。

第十九章　雷蒙上校的道歉

「雷蒙上校是個禽獸！」她說，聲音盡量放低。

「他是個卑鄙小人。」迪亞哥附和。

「他……他竟然想要親我。」她說。

「你當然沒有讓他這麼做？」

「先生！」

「我眞該死，我不是那個意思啦。你當然不會讓他這麼做。我相信你一定打了他一巴掌。」

「沒錯。」小姐說，「他一直想抓好我，還告訴我不要這麼挑剔，因爲我的父親不受總督喜愛。」

「天啊，這個壞透了的畜牲！」迪亞哥叫道。

「你要說的就只有這些？」

「我可不能在你跟前罵髒話啊。」

「你還不明白嗎，先生？這個傢伙來到你家，侮辱了你想娶的女孩！」

「該死的惡棍！下回我見到閣下時，一定要叫他把雷蒙上校調到別的地方。」

「噢！」她大叫，「你難道一點勇氣也沒有？把他調走？迪亞哥，你要是還是個男人，就應該跑去要塞，跟雷蒙上校興師問罪，拿劍刺穿他的身體，並叫所有的人都來看看，誰敢欺負你欣賞的女孩，就不會有好下場。」

「打架這麼累人，」他說，「別說這種暴力的事了。我會去見這個傢伙，好好罵他幾句的。」

「罵他幾句！」女孩大叫。

「小姐，我們聊點別的吧。聊聊那天我提到的那件事。我的父親很快又會找我，問我何時才會娶個老婆。我們能不能把這件事定下來？你決定好日期了嗎？」

「我可沒說我會嫁給你。」她回答。

「為何遲遲不嫁給我？」他問，「你不是看過我的房子了？我確定你應該非常滿意才對。你可以重新裝潢，以符合你的喜好，但是拜託不要大肆改裝，因為我不喜歡東西亂七八糟的。你可以獲得一輛新馬車，或者任何你想要的東西。」

「這就是你求愛的方式？」她問，用眼角盯著他。

「求愛多沒趣啊，」他說，「難道我非得彈吉他、說些甜言蜜語不可？少了這些愚蠢行為，你就不能給我答案了嗎？」

她正暗自比較她身邊的這個人與蘇洛大盜，但迪亞哥完全比不上他。她好想要結束這場鬧劇，將迪亞哥趕離她面前，不讓蘇洛大盜以外的人出現在她視線內。

「我必須跟你老實說，」她說，「我已好好探索我的內心，但我沒有發現任何對你的愛。很抱歉，我知道我們的婚姻對我父母來說意義重大，在經濟上對我而言也是。但我不能嫁給你，迪亞哥，你不用再多說了。」

「我的老天！我還以爲一切都已塵埃落定，」他說，「你有聽到嗎，卡洛斯？令嬡說她不能夠嫁給我，她說她的心不想這麼做。」

「蘿莉塔，回房間去！」卡塔琳娜叫道。

女孩開心地走了。卡洛斯和妻子趕緊走過去，坐在迪亞哥兩旁。

「你恐怕不是很了解女人，我的朋友。」卡洛斯說，「永遠別將女人的答案當成定案。她們永遠都會改變心意。女人喜歡讓男人一顆心懸在半空，喜歡讓他因害怕與期盼而時冷時熱。就讓她情緒化，朋友。我保證到最後你能心想事成。」

「這太難了！」迪亞哥大叫，「我現在該怎麼做？我已經告訴她，我會給她所有想要的東西。」

「我想，她想要的就是愛。」卡塔琳娜憑著女性的自覺告訴他。

「我當然會愛她、珍惜她呀！男人在婚禮上不就是這麼承諾的？難道維加家族的人會毀棄承諾？」

「只要給她獻一點殷勤就好。」卡洛斯敦促著。
「可是這實在太沒意義了嘛。」
「只要一點溫柔話語、偶爾捏捏小手、嘆幾口氣、雙眼含情脈脈……」
「胡說八道！」
「這是女孩子家期盼的事呀。暫時先別提到婚姻，讓結婚的念頭在她心中滋長……」
「但是我那威嚴十足的父親隨時都有可能來到鎮上，問我到底何時要娶妻。他可是命令我這麼做的。」
「你的父親會諒解的，」卡洛斯說，「告訴他，她的母親和我都站在你這邊，而且你很享受贏得女孩芳心的愉悅。」
「我想我們明天應該回去莊園，」卡塔琳娜插話，「蘿莉塔已看過這棟華美氣派的房子，肯定會拿來與我們的家比較一番，也一定會明白，嫁給你代表了什麼。此外，古諺說得好：『小別勝新婚』。」
「我不希望你們這麼快走。」
「我想在這種情況下，這是最好的做法。如果你能在三天後騎馬拜訪，我的好紳士，我敢肯定她會更願意聽你的求婚。」

「我想，你最清楚這種事了，」迪亞哥說，「但是請你們至少留到明天再離開。現在，我要去要塞見見雷蒙上校。說不定小姐會因此而高興。她好像認爲我應該找他算帳。」

卡洛斯心想，這個舉動對於一位從未練過劍術、完全不懂戰鬥的人來說，實在是不智之舉，但他沒有說出口。身爲一位紳士，這種時候不應將自己的想法強加於他人身上。即使有一位紳士前去赴死，只要他相信自己做了該做的事，並且以紳士該有的風度死去，那就好了。

於是，迪亞哥走出房子，慢慢爬上通往要塞的小山丘。雷蒙上校看著他走近，一邊納悶著，一邊想著要和這種男人進行決鬥，是多麼可笑的一件事。

不過，當迪亞哥被引進司令官的辦公室時，他還是敷衍客套了幾句。

「能夠讓你登門拜訪，眞是我的榮幸。」他說，在維加家的子嗣面前深深鞠了一躬。

迪亞哥回鞠了一躬，在雷蒙上校所指的椅子上坐了下來。上校驚訝地發現，迪亞哥竟然沒帶著劍。

「我其實是被迫爬上這座累人的山丘，要來跟你談某件事的。」迪亞哥說，「有人告訴我，你趁我不在家時上門拜訪，還冒犯了一位年輕小姐，同時還是我的客人。」

「眞的嗎？」上校說。

「你當時是不是酒喝多了？」

「什麼？」

「這當然可以做爲你冒犯行爲的一個藉口。此外，你當時還受了傷，說不定是發燒了。你那時候有沒有發燒，上校？」

「肯定有。」雷蒙說。

「發燒眞的好可怕，我曾經長時間發燒過。但是，你不應該侵犯那位小姐的。你不只是冒犯了她，也是冒犯了我，因爲我已向那位小姐求婚了。雖然婚事……呃……還沒決定好，但我仍有權干涉這類事。」

「我跑到你的家中，是爲了打探蘇洛大盜的消息。」上校騙他。

「你……找到他了？」迪亞哥問。

司令官臉紅了。

「那個傢伙就在那裡，他攻擊我。」他回答，「我受了傷，又沒帶武器，所以他自然能對我爲所欲爲。」

「眞是令人匪夷所思，」迪亞哥說，「每次你們實力相當的時候，你的士兵卻偏偏遇不到這位卡皮斯特拉諾之禍。他總是在你們毫無防備之時偷襲，要不就是和你鬥劍之時拿槍威脅，再不就是身邊剛好有一大群同夥。昨天晚上我在菲利普修士的莊園遇見岡薩雷斯中士和他的部屬，中士告訴我一個很可怕的經歷，說大盜和他的同夥拆散了他的部隊。」

「我們會抓到他的。」上校對他保證，「另外，先生，我想請你留意某些事關重大的事。我們都知道，卡洛斯．普利多和當權相處得不是很好。你該記得，蘇洛大盜之前出現在普利多莊園，並且從櫥櫃裡現身、攻擊了我。」

「哈！你想說什麼？」

「昨天晚上，當你出門在外，普利多在你家作客的時候，他又跑到你家。從這些事情看起來，卡洛斯似乎有涉入蘇洛大盜的事務。我幾乎可以斷定，卡洛斯是一名叛國賊，正在幫助那個惡徒。和這種人的女兒結爲連理之前，我勸你最好三思而後行，多想一想。」

「我的天啊，這是在說什麼！」迪亞哥大叫，彷彿十分佩服他。「我這顆愚鈍的腦袋開始嗡嗡作響了。你眞的這麼認爲嗎？」

「是的，紳士。」

「這個嘛，普利多一家明天就會返回他們的莊園了。我請他們來作客，是爲了讓他們遠離蘇洛大盜活動的範圍，不受其侵擾。」

「可是蘇洛大盜卻跟著他們來到鎮上，對吧？」

「有可能嗎？」迪亞哥倒抽一口氣，「我得好好想想。噢，這個時局混亂的年代啊！不過他們明天就會回去了，我當然不希望總督閣下認爲我窩藏過叛國賊。」

他站起來，禮貌地鞠了躬，接著慢慢走向門口。然後他好像突然想起了什麼，再次轉身面對上校。

「哈！我差點忘了冒犯小姐的事！」他大叫，「上校，對於昨晚的事情，你有什麼話要說？」

「我的好紳士，我給你致上萬分歉意。」雷蒙上校回答。

「我想我接受了你的道歉。但是，請不要再讓這種事發生。你嚇壞我的管家了，他是很棒的僕人。」

接著，迪亞哥・維加再次鞠躬，離開了要塞。雷蒙上校大笑許久，連在病房裡的生病士兵都以爲他們的司令官發瘋了。

「這個男人眞是！」上校大叫，「我想我已經把他從那位普利多小姐的身邊趕走了。我眞是笨，竟然還向總督暗示他可能會是叛國賊。我得想個辦法改正這個說法——那個男人根本沒膽叛國！」

第二十章　一件引起迪亞哥關注的事

「這天，大雨並未來臨。隔天早晨，太陽亮得刺眼，天空一片澄藍，空氣中瀰漫著花香。

早餐剛吃完沒多久，迪亞哥的僕人便將普利多的貨車牽到房子門前，卡洛斯和妻女準備要出發回到自己的莊園。

「小姐和我無法共結連理，」迪亞哥在門口說，「使我相當難過。我該怎麼對父親說？」

「千萬別放棄希望，我的好紳士。」卡洛斯建議他，「說不定我們回家後，蘿莉塔比較過我們寒酸的屋舍和你這棟富麗堂皇的宅邸，就會改變心意了。女人改變心意的頻率，就如同她改變髮型的樣式一樣頻繁。」

「我還以爲一切都能安排好了。」迪亞哥說，「你覺得我還有希望？」

「我相信絕對還有的。」卡洛斯嘴上雖這麼說，可是想到小姐臉上的表情，心裡卻很懷疑。不過，他打算等他們回到家後，好好跟她談談，或許還會在擇偶這件事情上，堅決使她服從。

於是，在一些平常的禮貌性告別後，笨重的貨車開走了。迪亞哥・維加轉身走進屋子，頭低低垂在胸前；他每次花力氣思索事情的時候，都會這樣。

不一會兒，他覺得自己此刻需要有人陪，於是便離開房子，穿越廣場，來到小酒館。胖老闆匆匆上前歡迎他，帶他來到窗邊的特選座位，然後不等他說，就拿了酒過來。

迪亞哥從窗邊望著廣場望了一個小時，看著人們來來去去，觀察那些辛苦勞動的土著，時不時瞥向通往聖蓋博道路的小徑。

此時，就在這條小路上，他看見兩名騎馬的人正在靠近，兩匹馬之間走著第三個人，迪亞哥可以看到那人的腰上綁著許多繩子，而這些繩子則繫在騎士的馬鞍上。

「我的老天，這是誰來了？」他大叫，站起身來，走近窗戶。

「哈！」老闆在他身後說，「囚犯來了。」

「囚犯？」迪亞哥說，疑惑地看著他。

「不久前有一個土著說的。又有修士落網了。」

「說清楚點，胖子！」

「那個人馬上就要到法官面前接受審判。他們說，他詐騙皮毛商人，必須接受處罰。他想要在聖蓋博受審，但是不被接受，因爲那裡的人全都偏袒傳教站和修士。」

「那個人是誰？」迪亞哥問他。

「他是菲利普修士。」

「怎麼回事？菲利普是個長者，也是我的摯友。我昨晚還在他經營的莊園過夜的。」

「他肯定是欺騙了你，就像欺騙他人一樣，我的好紳士。」老闆說。

迪亞哥現在有點好奇了。他活力十足地走出酒館，來到廣場對面的一棟小房舍，亦即法官的辦公室。騎士正好帶著囚犯抵達。他們兩個是駐守在聖蓋博的士兵，長期以總督之名強迫修士提供床鋪給他們。

那眞的是菲利普。他被牽繩縛在士兵的馬鞍上，被迫步行走完整段路程。可以看得出來，這兩個騎士甚至時不時策馬快跑，考驗修士的忍耐力。

菲利普的長袍幾乎成了破布，覆滿塵土與汗水。現在，那些圍繞在他身邊的群眾正不停戲謔嘲笑他，但修士只是高高抬著頭，假裝沒有看見或聽見他們。

士兵下馬，將他帶到法官的辦公室裡，路人和土著也擠上前，進到門裡。迪亞哥猶豫了一下，然後踏進大門。「閃開，小人！」他大喊；土著連忙讓他過。

他走進去，擠過人群。法官看見他，招手示意他來到前方的座位，但是迪亞哥此時並不想坐下。

「這裡發生了什麼事？」他問，「這位可是菲利普修士，上帝的使者、我的好朋友！」

「他是個騙子。」其中一名士兵回嘴。

「果眞如此的話，那麼我們誰也不能信了。」迪亞哥說。

「他所做的事情相當不合道德規範，」法官堅決地說，向前踏了一步。「他已被起訴，將要在此接受審判。」迪亞哥坐下來，法官正式開庭。控告修士的是個長相邪惡的男人，他說他是販售獸脂獸皮的商人，在聖蓋博有間庫房。

「我來到這位修士經營的莊園，向他買了十張獸皮，」他作證，「等我付完錢，將獸皮帶回我的庫房後，我發現那些獸皮並沒有受到妥善的保存。事實上，它們全都毀壞了。我回到莊園，告訴修士這件事，要求他還我錢來，但他拒絕了。」

「獸皮沒有損壞，」菲利普插嘴，「我告訴他只要他還給我獸皮，我就會還他錢。」

「它們全都壞了，」商人說道，「我的助理在這裡，他可以證實這點。它們散發濃烈惡臭，所以我馬上就燒了它們。」助理的確證實了他所說的。

「你有什麼話要說嗎，修士？」法官問他。

「多說無益，」菲利普說，「我早就被認定有罪，並且判了刑。要是我是某位放蕩無良的總督走狗之一，而不是一位穿著長袍的方濟會修士，那些獸皮一定會完好無缺的。」

「你現在說的可是叛國言論哪！」法官喊道。

「我是在說事實。」

法官噘起嘴巴，皺著眉頭。「這場詐欺事件實在太過分了。」他最後說，「就算穿著長袍，也不能因此偷寡搶騙不受罰。因此，我認爲有必要殺雞儆猴，讓修士知道，他們不能憑著自己的身分爲所欲爲。這名修士必須償還這名商人獸皮所值的金錢。至於針對詐欺之情事，他應當裸背接受十下鞭子。此外，針對其叛國言論，還應當接受額外五下鞭子。判決成立。」

第二十一章　鞭刑

土著全都拍手叫好。迪亞哥的臉色蒼白，他的雙眼有那麼一瞬間對上了菲利普的眼睛，在對方的表情中，他看見了聽天由命的無奈。

辦公室的人群散去，士兵們帶著修士到廣場中央的受刑點。迪亞哥發現法官在咧嘴而笑，馬上明白這場審判不過是場鬧劇。

「這個時局混亂的年代啊！」他對一位站在附近的熟識友人說。

他們扯開菲利普的長袍，露出背部，開始將他綁在柱子上。但是，在過去權傾一時的年代，他可是個力氣強大的男人，他的力量即使在年紀漸長後，仍有部分留在體內。此時，他突然意會到自己將要忍受的屈辱與難堪。

突然之間，他將士兵甩到一旁，彎下腰來，抓起地上的鞭子。

「你們扯掉我的長袍，」他大叫，「我現在是個男人，不再是個修士！閃開，走狗！」

他將鞭子一揮，打中一名士兵的臉。他擊中兩名朝他衝來的土著。接著，人群湧上前去，將他打倒，對他又踢又揍，就連士兵的命令也不理會。

迪亞哥．維加有股衝動想要阻止這一切。雖然他的性情溫順，卻也不願見到自己的朋友受到這種對待。他衝到人群之中，對著士著大喊，要他們走開。但是，他感覺有人抓住他的手，轉頭看見法官的眼睛。

「這不是紳士該做的，」法官低聲說道，「這個男人已經受到正當的審判。如果你出手幫助他，就是出手反抗總督閣下。你有沒有停下來想過這點，迪亞哥．維加？」

迪亞哥顯然沒想過。他也想起，現在出手干預，對他的朋友也不會有任何好處。他向法官點了點頭，轉身走開。

但他並未走遠。士兵已經制伏了菲利普，將他栓在柱子上。這更增添了對他的羞辱，因爲柱子通常只會用在不聽話的土著身上。鞭子在半空中揮下，迪亞哥看見鮮血從菲利普赤裸裸的背上噴出來。

他別過頭，無法忍受目睹這幅畫面。但他可以藉由鞭子在空中的揮舞聲計算鞭打的次數，他知道有尊嚴的菲利普完全沒有發出一點痛苦的呻吟，並將會因此被打死。

他聽見土著在笑，於是再次轉頭，發現鞭刑已經結束了。

「你要在兩天內償還金錢，不然就得再吃上十五下鞭子。」法官說。

菲利普被鬆綁之後，倒在地上。人群開始散去。兩名從聖蓋博跟來的修士扶他起來，將他帶到一邊，土著則對他們不停叫囂。迪亞哥．維加回到屋子裡。

「將貝納鐸叫來。」他對管家說。

管家前去完成主人的吩咐，同時咬著嘴唇，以免笑出聲。貝納鐸是一個又聾又啞的土著僕人，他對迪亞哥有特殊的用途。一分鐘後，他進到大客廳，在主人面前鞠個躬。

「貝納鐸，我很喜歡你。」迪亞哥說，「你不能說也聽不見，不會寫字也不識字，也沒辦法透過手勢表達你的需求。你是世上唯一一個可以讓我暢所欲言，又不用擔心被嘮叨不休的人。你不會在我每說完一句話時，就對我『哈！』的一聲。」

貝納鐸點點頭，彷彿聽得懂。每次迪亞哥的嘴巴停止動作，他就會這樣點頭如搗蒜。

「這個年代眞是時局混亂，貝納鐸。」迪亞哥繼續說，「人們找不到一個可以好好沉澱心靈的地方。就連前一晚在菲利普的家中，也能碰見一位中士砰砰砰地敲門。焦慮不安的人們全都處於悲慘的狀態之中。還有老菲利普的鞭刑！貝納鐸，希望蘇洛大盜，這位懲罰不公不義事物的男人，可以聽見這件事，並做出行動。」

貝納鐸又再次猛點頭。

「至於我，正陷入困境之中。」迪亞哥說下去，「父親命令我娶一個妻子，但我心中的人選卻一點也不喜歡我。我想，父親很快就會來拽住我的耳朵，痛罵我一頓了。

貝納鐸，我是時候該離開鎮上幾天了。我要去父親的莊園，告訴他我還沒找到任何願意嫁給我的女子，請他原諒我。在那兒，莊園後方遼闊的丘野之中，希望我能找到一個地方，可以讓我休憩、作詩一整天，不受任何大盜、中士或不義法官的煩擾。貝納鐸，你要陪同我，這是當然。我可以跟你說話，無須擔心你會洩露出去。」

貝納鐸又再次猛點頭。他猜得到接下來會發生什麼事。迪亞哥每次和他說這麼久的話，之後就一定會進行一趟旅程。貝納鐸很喜歡這樣，因爲他十分仰慕迪亞哥，他也喜歡拜訪迪亞哥父親的莊園，因爲在那裡人們總是待他很好。

管家一直在另一個房間偷聽迪亞哥說的話。現在，他吩咐僕人爲迪亞哥備馬，並且準備一瓶酒和水，好讓主人帶在身上。

沒過多久，迪亞哥就出發了，貝納鐸則騎著騾子跟在後面不遠處。他們在大道上匆匆趕路，很快就追上了一輛小貨車。有兩名穿著長袍的方濟會修士走在貨車旁邊，車裡則坐著菲利普，正努力忍著不發出痛苦的呻吟聲。貨車停了下來，迪亞哥下了馬。他走過去，緊緊握住菲利普的雙手。

「可憐的朋友。」他說。

「這不過又是一個不公義的例子罷了，」菲利普說，「二十年來，我們這些傳教修士一直都受到不公平的待遇，現在情況更是每況愈下。當初，聖人胡尼佩羅・塞拉征服這片他人懼怕的土地，並在聖地牙哥建造第一個傳教站，之後隨著一連串的傳教站創立，這裡因而成爲傳教帝國。我們的錯，就在於我們太興盛了。我們幹活，卻由他人收成。」

迪亞哥點點頭，他繼續說下去：

「他們開始奪走我們所耕耘的土地，那些原是荒野，但在兄弟們努力耕作下，變成花園、果園的土地。他們搶走我們的財產。這樣還不滿足，他們現在竟又開始迫害我們。

「傳教帝國注定滅亡了，我的好紳士。傳教站的屋頂倒塌、牆壁坍落的日子，已經不遠了。有一天，人們會看著這片廢墟，心想著這種事情怎麼會發生。但是，我們除了順從，什麼也做不了。順從是我們的原則之一。在洛杉磯鎮的廣場上，當我拿起鞭子鞭打他人時，我的確一度忘了自我。我們這些人生來就是要順服。」

「有時，」迪亞哥若有所思地說，「我眞希望我是個有所作爲的人。」

「朋友，你展現了憐憫，這就足以與寶石相衡量。以錯誤的方式做出行動，比毫無作爲還要糟糕。你要上哪兒去呢？」

「去我父親的莊園，朋友。我必須請求他的原諒，讓他寬恕我。他命令我娶妻，但我發現這太難了。」

「這對維加家的人來說，應該很容易的。任何女子都會因爲這個名分而感到驕傲。」

「我希望迎娶蘿莉塔・普利多小姐，我十分中意她。」

「這位小姐很好呀！她的父親也受到不公正的壓迫。若你和他的家族聯姻，無人膽敢再欺負他。」

「那樣當然很好，而且也是事實。但那位小姐完全不喜歡我。」迪亞哥抱怨著，「似乎是我沒有足夠的衝勁和活力。」

「她說不定是個很難取悅的小姐。也有可能是在賣弄風情，希望引導你，讓你因此熱情倍增。女人啊，她們喜歡逗弄男人，好紳士。這是她的權利。」

「我讓她看過我在鎮上的房子，也提過我的財富，還同意爲她買輛新馬車。」迪亞哥告訴他。

「那你有沒有向她表明心意、提起你的愛意、答應做個完美的丈夫？」

迪亞哥茫然地看著他，快速打了一下自己的眼睛，然後搔搔下巴。當他感到困惑的時候，常會做出這種舉動。

「這未免也太愚蠢了！」過了一會兒，他叫道。

「試試看吧，好紳士。說不定會有很棒的效果。」

第二十二章　立即的懲罰

修士駕車前進，菲利普舉起手來表示祝福，迪亞哥‧維加騎到另一條小路，身後跟著騎在騾背上的貝納鐸。

在村鎮上，那位獸脂獸皮商人成了酒館的焦點所在。胖老闆忙著給客人端酒，因爲這個商人正在揮霍一部分從菲利浦身上騙取來的金錢；法官則負責花光剩下的錢。

有人正在講述菲利普拿著鞭子胡亂揮打的樣子，以及執行鞭刑時，鮮血是如何從他蒼老的背部噴出來的。大家全都開懷大笑。

「連哭都沒有哭一聲！」獸脂獸皮商人大喊，「眞是一隻勇氣可嘉的老狗！上個月我們在聖費爾南多鞭打某個修士，他倒是哭著求饒，但是有人說他那時生病了，相當虛弱，或許就是如此。這些修士非常剛強。但是能讓其中一個鬼哭神號，眞的是很好玩。再拿酒來，老闆！菲利普修士付錢！」

聽到此話，酒館裡又響起如雷的笑聲。商人丟了一枚硬幣給那位作僞證的助理，叫他扮演一個買酒的男人。於是，這位學徒幫酒館裡所有的客人買酒，但是胖老闆沒找錢給他。他興高采烈地哭了起來。

「你是修士嗎？騙錢的修士？」老闆問。

酒館的客人再次歡樂大笑，而騙了助理一大筆錢的老闆則一邊大笑，一邊幹活去了。今天可是胖老闆的大日子。

「那個對修士展現憐憫心的紳士是誰啊？」商人問。

「是迪亞哥．維加。」老闆回答。

「他會惹上麻煩的……」

「迪亞哥不會的。」老闆說，「先生，你知道那個強大的維加家族，對吧？總督閣下自己都拍他們的馬屁哩。維加家族只消舉起一根小指頭，就足以讓附近這一帶產生政治動亂。」

「那麼他是個危險人物囉？」商人問。

他得到的回應是一片笑聲。

「危險人物？迪亞哥．維加？」老闆一邊大叫，淚水一邊滑下他胖嘟嘟的臉頰。「你讓我笑死囉！迪亞哥除了坐在太陽底下做白日夢，什麼也不會。他很少配戴長劍，除非是爲了炫耀。他在馬背上騎了幾英里路，就會唉唉叫。迪亞哥就和一隻沐浴在陽光中的蜥蜴一樣危險。

「雖然如此，他還是個很好的紳士！」老闆趕緊加上一句，擔心他的話會傳到迪亞哥的耳裡，迪亞哥就不會再來光顧了。

獸脂獸皮商人和他的助理在夜幕低垂時才離開酒館，因爲喝了太多酒的緣故，他們走起路來搖搖晃晃的。

他們走向前來鎮上所乘坐的貨車，向酒館門口一大群人揮手道別，接著慢慢開上往聖蓋博的道路。

他們悠閒地駕駛，繼續喝著買來的一瓶酒。他們開上第一個小山丘的頂部，已經看不到洛杉磯鎮了。他們視野所及的，是眼前蜿蜒迂迴、如同巨蛇的塵土大道、許多褐色的山丘和遠方的幾棟建築，也就是某個人的莊園所在。

他們轉了個彎，看見一個騎士面對他們，悠哉地坐在馬鞍上。他的馬立在路中央，擋住了他們的去路。

「把你的馬轉向，帶牠走！」獸脂獸皮商人大喊，「要我輾過你不成？」

助理發出一聲害怕的尖叫，商人仔細瞧著騎士。他的下巴拉長，雙眼凸出。

「是蘇洛大盜！」他驚叫大喊，「我的老天！你是卡皮斯特拉諾之禍，就在靠近聖蓋博的地方！你不是要來找我麻煩的吧，蘇洛大盜？我很窮的，沒有錢。昨天才有一個修士騙我的錢，所以我去了洛杉磯鎮尋求正義。」

「你要回錢了嗎？」蘇洛大盜問。

「法官人很好，先生。他命令修士還我錢，但我不知道何時才能拿到。」

「從貨車上下來，你的助理也是！」蘇洛大盜喝令。
「但是我眞的沒有錢……。」商人抗議。
「給我下車！還要我再說一次嗎？快動，不然子彈就會在你的屍體裡住下了！」
這時商人才看見大盜手上拿著一把槍，他嚇得尖叫一聲，速速下車，他的助理也連滾帶爬跟著出來。他們站在塵土飛揚的路上，面對蘇洛大盜，害怕得直發抖。商人趕緊求饒。
「我身上沒有錢，好心的大盜，但我可以拿去給你！」他叫道，「我可以拿去你指定的地方，任何時候都行……」
「住嘴，畜生！」蘇洛大盜大喊，「我不要你的錢，你這個作僞證的傢伙。洛杉磯鎮的審判鬧劇我全都知道了，我有辦法快速知道這種事情。所以你說那位年邁的修士騙你的錢，是嗎？你這騙子、小偷！你才是詐欺者。因爲你說的謊言，他們往又年老又虔誠的修士背上鞭了十五下！而你和法官還瓜分了你們從他身上騙來的錢。」
「我對天發誓……」
「不用！你已經對天發過太多騙人的誓言了。過來！」
商人遵命照做，好像得病似的抖得厲害；蘇洛大盜俐落下馬，繞到馬前。商人的助理站在貨車旁邊，臉色蒼白。

「過來！」蘇洛大盜喝令。

商人再次照做；但他突然開始求饒，因爲蘇洛大盜從大衣下拿出一條騾鞭，緊緊握在右手，左手則拿著槍。

「背對我！」他命令。

「求求你，好大俠！難道你要搶劫又要打我？你要爲了偷竊的修士鞭打一個正直的商人？」

第一下打了下去，商人痛得哇哇大叫。他的上一句話似乎加重了大盜的力氣。第二下打了下去，獸脂獸皮商人跪在布滿塵土的地上。

接著，蘇洛大盜將手槍收到皮帶裡，走上前去，用左手抓住商人的頭髮，把他提起來。他的右手拿著騾鞭重重鞭打商人的背，直到他那堅韌的大衣和上衣被打成一條條碎片，鮮血滲了出來。

「這是爲了懲罰你作出僞證，害正直的修士受罰所打的！」蘇洛大盜大喊。

然後他將目光轉向助理。

「年輕人，雖然你只是執行主子的命令，才在法官面前說謊，」他說，「但是我得教教你，不論在什麼情況下，都要當個誠實公正的人。」

「求求你，先生！」助理哭著說。

「修士被鞭打時，你不也在旁邊笑？你現在滿身酒氣，不就是因爲你也在慶祝那位虔誠之人平白無故受到懲罰？」

蘇洛大盜抓住他的後頸，將他轉過身來，重重鞭打他的肩膀一下。這個男孩尖叫一聲，開始抽噎起來。他總共被打了五下，因爲蘇洛大盜顯然不願將他打昏。最後，他推開男孩，收起鞭子。

「希望你們兩位都已學到教訓，」他說，「進去貨車，繼續開。你們說起這件事時，給我說實話，否則讓我聽到了，我會再懲罰你們一遍！不要讓我知道你們說我鞭打你們時，有十五或二十個人圍在旁邊抓著你們。」

年輕學徒跳進車內，他的主人也跟上去。然後，他們快馬加鞭，消失在通往聖蓋博的塵土之中。蘇洛大盜看著他們的背影好一會兒，接著掀開面罩，抹去臉上的汗珠。他再次上馬，將騾鞭固定在鞍頭上。

第二十三章　更多的懲戒

蘇洛大盜快速騎上山丘頂，下方就是城鎮了。他在那裡停下馬來，看著村子。現在幾乎已經天黑，但他仍能清楚看見他的目標。小酒館裡已經點起蠟燭，裡頭傳來喧鬧的歌聲和吵雜的笑聲。要塞內部也點燃著蠟燭；從一些房子裡傳出了煮飯的香味。

蘇洛大盜騎下小丘。他抵達廣場邊緣，接著策馬衝向酒館門口。門前聚集了五、六個人，絕大多數都喝得醉醺醺的。

「老闆！」他大喊。

門邊的那些人一開始都沒有特別去注意他，以爲他只是一個旅行中的紳士，想要來此休息放鬆。老闆匆匆跑出來，一邊搓著肥胖的雙手，一邊走近馬匹。然後，他發現這位騎士戴著面罩，槍口正對著他。

「法官在裡面嗎？」蘇洛大盜問。

「在，先生！」

「在這裡乖乖站好，替我傳話給他。告訴他，這裡有位紳士想要跟他談談某件事情。」

嚇壞了的老闆扯著嗓音叫喚法官，並且把話傳給了他。過沒多久，法官踉踉蹌蹌走了出來，大聲詢問究竟是誰在他正開懷時，把他叫了過來。

他搖搖晃晃靠近馬兒，一隻手撐在馬匹身上，抬頭一瞧，發現一雙炯炯有神的眼睛正透過面罩盯著他看。他正要張嘴尖叫，不過蘇洛大盜及時警告了他。

「你敢出聲，當心性命不保。」他說，「我是來懲罰你的。今天，你判了一位無辜的虔誠男子鞭刑。而且，你明明知道他是無辜的，也知道這場判決是一齣荒唐鬧劇。因爲你的命令，他挨了好幾下鞭子。你得付出相同代價。」

「你好大膽……」

「閉嘴！」大盜喝令。「門邊那些傢伙，給我過來！」他喊道。

這些人大部分都是苦力，他們擠上前來，以爲是某位紳士要掏錢請他們完成某件事情。由於時逢黃昏，他們直到走來馬兒旁邊，才看見面罩和手槍，但此時想要逃走卻已經來不及了。

「我們要來懲罰這位不公不正的法官。」蘇洛大盜對他們說，「現在，五個人抓住他，把他帶到廣場中央的刑柱，接著將他綑綁起來。第一個猶豫退縮的人就得吃我一槍，剩下的人我會用劍對付。此外，我要你們動作迅速。」

法官嚇得半死，開始放聲尖叫。

「大聲笑，別讓人聽見他的叫聲了。」大盜下令。於是，這些人開始盡可能地放聲大笑，雖然笑得頗爲怪異。

他們抓住法官的手，帶他到刑杜旁，用皮帶把他綁起來。

「列隊排好，」蘇洛大盜對他們說，「拿著鞭子，一人鞭他五下。我會看著你們，要是我發現鞭子有哪次鞭得不夠用力，必將重懲。開始！」

他將鞭子丟給第一個人，懲罰開始。鞭刑的執行情況跟蘇洛料想的一樣——這些苦力心裡非常害怕，所以全都使勁鞭打，沒有心不甘情不願的情形。

「你也一樣，老闆。」蘇洛大盜說。

「他之後會找我算帳的。」老闆哀號著說。

「先生，你想要牢房，還是想要棺材？」大盜問。

顯然，老闆比較想要牢房。他拾起鞭子，出的力氣比全部的苦力都還要大。

現在，法官重重地垂在皮帶的束縛下。鞭刑執行到第十五下時，他就昏了過去，卻是因爲恐懼勝過了疼痛。「將他鬆綁。」大盜命令。有兩個人衝上前去完成指令。「帶他到他的馬那裡。」蘇洛大盜繼續說著，「然後，去告訴村民們，蘇洛大盜就是這樣處罰那些壓迫窮人、判決不公、濫用法律的惡人的。你們走吧！」

他們帶走法官；現在，他開始恢復意識，不停呻吟著。蘇洛大盜再次轉身面對酒館老闆。

「我們回酒館去。」他說，「你到裡面拿一杯酒給我，我喝酒時，你就站在我的馬旁不要走。我不想再浪費唇舌告訴你，如果你企圖使詐的話，會發生什麼事。」

可是，老闆心中對法官的畏懼，就和對蘇洛大盜的畏懼一樣深。他走在大盜的馬旁邊，一起回到酒館，接著匆匆進到屋內，假裝要拿酒來。但卻趁機發出警告。

「蘇洛大盜就在門外，」他對那些離桌子最近的人悄聲說，「他剛剛讓法官受到了殘酷的鞭刑。現在，他叫我進來拿一杯酒給他。」

接著，他走到酒桶旁，開始用很慢的速度倒酒。

酒館裡頭突然有了動靜。大約六名紳士在此，他們全都是總督的追隨者。此時，他們拔出劍來，小心翼翼走近門邊。其中一人有一把槍，便從腰帶拿了出來，跟在他們身後，並準備好隨時開槍。

蘇洛大盜坐在馬上，離酒館門口約二十英尺。他突然看見一群人朝他衝來，六把長劍閃著光芒，同時聽見一聲槍響，一顆子彈咻咻飛過他的腦袋。

酒館老闆站在門邊，祈禱他們抓到大盜，這樣一來他也會有功勞，而且法官或許就不會因爲他拿鞭抽他而處罰他。

蘇洛大盜促使馬兒以後腿高高站立在空中，接著用馬刺大力刺牠一下。馬兒往前一躍，跳到那些紳士之中，將他們分散。

這正是蘇洛大盜希望的結果。他早已從劍鞘中拔出長劍，並刺中其中一人的用劍慣用手，然後他轉過身，又刺傷了另外一人。

他像狂人一般揮舞長劍，不停移動馬匹，好讓敵人分散各處，一次只需對付一人。現在，到處都是尖叫聲和喊叫聲，人們跌跌撞撞從屋內跑出來，想要知道製造這場騷動的原因。蘇洛大盜知道他們之中有人持有手槍，雖然他不怕劍，但他也很清楚，即使他們站得遠遠的，仍可開槍將他打下。

於是，他使馬兒再次向前衝刺。胖老闆還沒意會到發生什麼事情，蘇洛大盜就已來到他身邊，彎下身來，抓住他的手。馬兒飛奔離去，拖著一邊尖叫求助、一邊央求寬恕的胖老闆。蘇洛大盜騎到刑柱旁。

「鞭子拿來。」他命令道。

尖叫個不停的老闆遵命照做，請求聖人前來保護他。接著，蘇洛大盜將他鬆開，鞭打他圓滾滾的肚子，老闆如果試圖逃跑，他就猛鞭幾下。他曾一度離開老闆身邊，對付那些拿著長劍的人，將之分散，然後再回過頭鞭打老闆。

「你敢使詐！」他吼叫道，「你這廢物！你敢叫人對付我，是不是？看我撕破你那堅韌的毛皮大衣……」

「求求你了！」老闆大叫，跌到地上。
蘇洛大盜又鞭了一下，老闆痛得哇哇叫，倒沒流什麼血。他將馬兒轉向，衝往最近的敵人。又有一顆子彈咻咻飛過他的腦袋，還有一個人拿劍衝向他。蘇洛大盜刺中那人肩膀，再次用馬刺踢了馬一下。他策馬來到刑柱旁，然後停下馬來，面對他們。
「你們人手太少，我打得不過癮！」他說。
他取下墨西哥帽，戲謔地欠身，接著將馬匹轉向，策馬離開了。

第二十四章　亞歷山大莊園

他離開後，鎮上出現一片騷動。胖老闆的尖叫聲喚醒了整座村。許多男人跑了過來，僕人拿著火炬，緊跟在側；女人則在房子的窗邊向外窺探；土著站在原地動也不動、全身顫抖，因爲慘痛的經驗告訴他們，每當發生騷亂，倒大楣的總是土著。

許多熱血的青年紳士群聚在此──洛杉磯鎮已經好一陣子沒有出現令人熱血沸騰的事了。這些青年湧入酒館，聽著老闆哭訴，有些人還匆匆來到法官的家中察看他的傷勢，聽他慷慨激昂地說著蘇洛大盜如何藐視王法，並且連帶侮辱了總督閣下。

雷蒙上校從要塞走下來，聽聞這場騷動的起因之後，大聲咒罵了好幾句。他派遣唯一一位狀況良好的手下騎上通往百樂鎮的道路，要他趕緊追上岡薩雷斯中士及其部隊，吩咐他們回來追逐蘇洛的新足跡，因爲他們現在所窮追不捨的，根本不是那隻狐狸留下的氣味。

不過，這群青年紳士看中這起事件，認爲這正是揮灑熱血的好時機，於是請求司令官允許他們組成民兵團，追趕大盜。他們的提議即刻獲准了。

約莫三十位年輕人登上馬背、備好武器，接著動身出發，他們打算在遇到交叉路的時候分成三隊，一隊十人。

鎮上的人熱情歡送他們，他們快馬加鞭上了山丘，前往通向聖蓋博市區的路，沿途鬧哄哄的，全都十分高興此時的月亮高掛天空，能讓他們在接近敵人時清楚看見對方。

他們旋即兵分三路，其中十人前往聖蓋博，另外十人取道通向菲利普修士的莊園，其餘十人則取沿著山谷蜿蜒而下的道路，通往由一系列土地宅邸所組成的地區，當時最富有的地主全在那裡。

迪亞哥・維加不久前才騎在這條路上，身後跟著騎乘騾子、又聾又啞的貝納鐸。迪亞哥悠哉地騎著，入夜許久之後，才離開主要道路，騎上一條較窄小的路徑，通往父親的房子。

這位一家之主名叫亞歷山大・維加，此時，他獨自坐在餐桌前，面前擺著吃剩的晚餐，突然聽見門口傳來騎士的聲音。一名僕人跑上前開了門，迪亞哥走進來，身後緊跟著貝納鐸。

「啊！是我的兒子迪亞哥！」老紳士大喊一聲，張開雙臂。

迪亞哥馬上就被父親緊緊擁抱住，接著，他坐到餐桌旁，拿起了一杯酒。恢復氣力後，他轉身面對亞歷山大。

「眞是一趟耗費精力的旅程。」他說。

「那麼，我的兒子，你進行這麼一趟旅程的原因是？」

「我覺得我應該過來一趟，」迪亞哥說，「現在並非待在鎮上的時機。無論走到哪裡，到處都有暴力和血腥。這個討厭的蘇洛大盜……」

「哈！他又怎麼了？」

「父親，拜託請不要對我『哈！』。最近幾天，我從早到晚都被人『哈！』個不停。這個年代眞是時局混亂。

「這個蘇洛大盜先前拜訪了普利多莊園，嚇壞那裡所有的人。我到我的莊園辦事，並且順道看看老菲利普，以爲在他面前能有機會好好沉思。結果又出現了這個強壯的中士和他的部隊，正在尋找蘇洛大盜。」

「他們抓到他了？」

「我想是沒有，父親。後來我回到鎮上，你猜今天白天發生了什麼事？他們把菲利普帶來，控告他欺詐一名商人，然後在一場審判鬧劇後，將他綁在柱子上，鞭打他的背十五下。」

「混帳東西！」亞歷山大怒吼。

「我再也受不了了，因此才決定前來拜訪您。不管走到哪兒都有騷亂。這一切足以將人逼瘋。你問貝納鐸是不是如此。」

亞歷山大看著這位聾啞的土著，咧嘴而笑。貝納鐸也理所當然對他回笑，不知道在一位紳士面前，這麼做是沒有禮貌的。

「你還有別的事要告訴我？」亞歷山大問迪亞哥，試探性地看他。

「我的老天！該來的總是會來。我原本還希望可以避開這件事，父親。」

「說來聽聽。」

「我拜訪過普利多莊園，並與卡洛斯及其妻子談過話，蘿莉塔小姐也有。」

「你喜歡那位小姐？」

「她就和我所認識的其他女孩一樣可人。」迪亞哥說，「我向卡洛斯提起結婚的事，他似乎相當開心。」

「啊！那是當然。」亞歷山大說。

「可是，這樁婚事恐怕辦不成了。」

「怎麼會呢？那位小姐有什麼不好嗎？」

「就我所知沒有。她看起來是個甜美又純眞的女孩子，父親。我邀他們來洛杉磯鎭，在我的房子住上幾天。我還特別安排讓她看見那些裝潢與擺設，知道我有多麼富有。」

「眞是聰明的安排，兒子。」

「但她卻不喜歡我。」

「怎麼會呢？拒絕嫁給一個維加家的人？拒絕和國內最有權勢的家族、當地最棒的血統聯姻？」

「父親，她暗示我，我不是她喜歡的那種類型。我覺得她有點愚蠢。她希望我在她窗前彈奏吉他、對她擠眉弄眼、趁她的監護人不注意時牽她的手，總之就是那些蠢事。」

「我的老天！你眞是維加家的男人？」亞歷山大叫道，「任何有名有姓的男人不都想要這種機會？任何紳士不都喜歡在月光下對著愛人哼唱情歌？那些你認爲愚蠢的小事情正是愛的本質。難怪那位小姐不喜歡你。」

「可是，我不覺得這種事情有其必要。」迪亞哥說。

「你難不成就是帶著這種冷漠態度跑去找她，告訴她你想娶她，然後就沒了下文？年輕人，你以爲你在買一匹馬還是一頭牛啊？我的老天！所以，你沒機會娶那女孩了嗎？她的血統很好，僅次於我們而已。」

「卡洛斯叫我不要絕望，」迪亞哥回答，「他將她帶回莊園，告訴我，或許等她回去一段時間，好好想過之後，就會改變心意。」

「只要你獻殷勤，她就是你的了。」亞歷山大說，「你可是維加家的人，也就是全國最佳的夫婿人選。獻出普通戀人一半的殷勤，她就是你的了。你的血管裡流的到底是什麼樣的血？我還眞想割開一條來瞧瞧。」

「我們能不能暫且不要談結婚的事情？」迪亞哥問。

「你已經二十五歲了。你出生時，我已老大不小。我很快就會跟在祖先後面而去。你是獨子、是繼承人，你非得要娶妻生子不可。難道，我們維加家族就要因爲你那淡如水的血性而斷絕？我限你在三個月內娶妻，而且要是我能接受入門的妻子，否則等我死了，我就把遺產全都留給方濟會。」

「父親！」

「我是說眞的！有點骨氣吧！要是你有這位蘇洛大盜擁有的一半勇氣和精力那就好了！他有原則，並爲自己的原則而戰！他會幫助無助的人，並爲受壓迫者復仇。

「我敬重他！我寧願你是他，冒著生命危險或被捕入獄的風險，也不要你這樣了無生氣、成天做白日夢、一事無成！」

「父親！再怎麼說，我一直都是個盡責的兒子！」

「我還比較希望你野一點——這樣比較正常。」亞歷山大嘆了口氣，「對我而言，一些冒險越軌的舉動比起這副毫無活力的模樣，還要容易視而不見。爭氣一點，年輕小伙子！別忘了你姓維加！

「我在你這個年紀，可不是別人的笑柄。我隨時準備一瞬間發起戰鬥、向每一雙靈動的雙眼求愛、勇於在或粗暴、或文雅的運動競賽中，挑戰任何紳士，哈！」

「我拜託你了，父親，請不要對我『哈！』。我就快要瀕臨崩潰了。」

「你必須更像個男人才行。」

「我會立刻嘗試看看的。」迪亞哥說，不知怎地在椅子上坐直身子，「我一直希望避免此事，但看來是勢在必行了。我會像其他男人向少女求愛一樣，對蘿莉塔小姐求愛。關於遺產一事，您是認眞的嗎？」

「沒錯。」亞歷山大說。

「那麼，我非得自我勉勵不可。讓家產外流是絕對行不通的。今晚，我要安安靜靜，好好思考整件事情。或許在這個遠離城鎭的地方，我方能沉思一番。我的老天！」

最後這句驚嘆是由屋外突如其來的騷動聲所引起的。亞歷山大和他的兒子聽見許多騎士停下馬來，互相叫喚彼此，以及馬勒叮叮噹噹、長劍喀拉喀拉的聲響。

「全世界都不得安寧。」迪亞哥說，更顯陰鬱。

「聽起來似乎有十來個人。」亞歷山大說。

完全沒錯，剛好十個人。一名僕人開了門，十位紳士闊步走進大廳裡，個個長劍在側、槍枝插腰。

「哈，亞歷山大先生！我們希望受到你的款待！」最前頭的那位紳士叫道。

「各位紳士，不消開口，你們就會受到我的款待。你們爲了何事來到此地？」

「我們在追蘇洛大盜。」

「我的老天！」迪亞哥大叫，「連在這裡也無法逃離暴力和血腥！」

「他侵擾了洛杉磯鎮的廣場。」那位發言人繼續說，「他讓法官受到鞭打，因爲他判菲利普修士鞭刑，接著他又鞭打胖老闆，同時還與十幾個人作戰。然後他逃走了，我們組了一個民兵團來追他。他還沒來過這個地方吧？」

「就我所知還沒。」亞歷山大說，「我的兒子不久前才剛離開大道，來到這裡。」

「迪亞哥，你沒看見那個傢伙嗎？」

「沒有，」迪亞哥說，「有的話，我可就發了一筆橫財。」

亞歷山大早先已經吩咐僕人，此時，酒杯連同成堆的小糕點一起擺在長桌上，紳士開始吃喝起來。迪亞哥很清楚這代表了什麼。他們已經停止追逐大盜，熱情逐漸褪去。他們會坐在父親的長桌邊，宴飲通宵，慢慢喝醉，一邊叫喊、一邊唱歌、一邊說著故事，到了早上便會騎回洛杉磯鎮，如同許多英雄一般。

這已成了慣例。追逐蘇洛大盜的行動，其實不過就是歡樂時光的前奏。

僕人拿來了盛滿稀有名酒的大石壺，放在桌上，亞歷山大命令他們也將肉送上來。

這些年輕的紳士對於亞歷山大家中舉辦的這種派對，總是難以抵抗，因爲他的賢妻已過世多年，除了女僕外，家中並無女性，因此他們可以徹夜盡情喧鬧。

很快地，他們將槍劍擺到一邊，開始吹噓誇大。亞歷山大叫僕人把這些武器放在遠遠的角落，因爲他可不希望紳士們因酒醉起爭執，讓家裡出現一、兩個紳士的屍首。

迪亞哥喝著酒，和他們聊了一下，接著便坐到一旁聽他們說話，好像十分厭倦那些蠢話。

「這名蘇洛大盜眞是走運，沒讓我們追上他，」其中一個人喊道，「我們隨便一個人都可以做那個傢伙的對手。要是那些士兵有點本事，老早抓到他了。」

「哈！要是有機會碰見他就好囉！」另一個人尖聲叫道，「酒館老闆被鞭打時，叫得可眞悽慘！」

「他往這裡騎嗎？」亞歷山大問。

「這點我們不確定。他騎上聖蓋博的路徑，我們一共有三十人追了上去。我們分成三個小隊，每一隊都往不同的方向走。我想，另外兩隊的其中一隊應該碰上好運，抓到他了。不過，我們能夠在此尋歡作樂，運氣更好。」

迪亞哥站在這群人面前。

「先生們，請原諒我，我要先去休息了。」他說，「這趟旅程累煞了我。」

「快快去休息吧，」其中一位紳士叫道，「等你歇夠了，再出來與我們同樂。」

他們笑了起來；迪亞哥鄭重其事地鞠了一躬，發現他們有好幾個人都站不起來對他回禮。接著，他便匆匆離開房間，聾啞僕人跟在後面。

他走進一個總是爲他準備好的房間，裡頭的蠟燭已經在燃燒著。他將房門關了起來，貝納鐸則躺在門外的地上，伸展壯碩的四肢，整夜守護主人。

迪亞哥很少在大廳缺席。他父親皺著眉頭、捻著鬍髭，暗自希望他的兒子也能像其他年輕人一樣。他還記得，他年輕時可從不曾那麼早就離開這種場合。他再次嘆了口氣，期許聖人們賜他一個有著熱血情懷的兒子。

現在，這群紳士正在唱歌，一起合唱一首很受歡迎的情歌，五音不全的歌聲充斥整個大廳。亞歷山大一邊聆聽、一邊微笑，年輕歲月似乎回到他的身邊。

他們在餐桌兩邊的椅子和長凳上懶散的坐臥著，邊唱著歌，邊用酒杯敲擊桌面，不時大笑嬉鬧。

「要是這位蘇洛大盜現在出現在這裡就好了！」其中一人喊道。

門口傳來一個聲音，回應了他。

「各位先生，蘇洛在此！」

第二十五章　復仇者聯盟

歌聲畫下了休止符；笑聲隨之戛然而止。他們眨了眨眼，望向房間另一頭。蘇洛大盜就站在門內，在他們毫不知情的情況下從外廊進來了。他穿著長大衣、戴著面罩，手裡拿著邪惡的手槍，槍口指向餐桌。

「所以，想要追逐蘇洛大盜，並且希望將他捉拿歸案，原來是採用這種方式啊。」他說，「不准動，不然子彈就飛過去了。我發現，你們的武器全都放在角落。在你們拿到武器之前，我可以輕輕鬆鬆殺了你們一些人，然後逃之夭夭。」

「是他！是他！」一個略有醉意的紳士叫道。

「你們的吵鬧聲幾英里外都聽得到，先生。這是一個怎麼樣的犯人追緝民兵團哪！你們奉命行事的方式就是如此嗎？蘇洛大盜逍遙在外，你們怎麼就停下馬，跑來尋歡作樂？」

「給我長劍，讓我會會這傢伙！」其中一人吼道。

「要是我給你一把劍，你恐怕連站都站不起來。」大盜回答，「你們以為你們之中現在有誰可以和我鬥劍？」

「當然有！」亞歷山大跳起來，大聲說道，「我可以大方說，我很欣賞你所做的某些事情，先生；然而，此時你闖入我的家，辱罵我的客人，我不得不找你興師問罪！」

「我並不想與你爭執，亞歷山大，而我知道你也不想。」蘇洛大盜說，「我拒絕和你鬥劍。此外，我只不過是在告訴這些男士一些事實。」

「我的老天，看我如何收拾你！」

「等等，亞歷山大！各位先生，這位年邁的紳士想要和我打一場，那就表示他非死即傷。你們肯讓這種事情發生嗎？」

「亞歷山大千萬不能替我們戰鬥啊！」其中一人喊道。

「那麼就看著他在位子上坐好，對他表示敬意。」

亞歷山大邁步向前，兩名紳士趕緊跳到他身前，力促他回去坐著，並告訴他，他的自尊毫髮無傷，因爲他已主動要求過戰鬥了。雖然非常憤怒，但亞歷山大還是妥協了。

「眞是一群高尚有爲的年輕紳士，」蘇洛大盜戲謔地說，「不公不義的事情發生在你們生活周遭，你們卻還在飲酒享樂。拿起劍來，對抗壓迫的舉動啊！不要辜負你們高貴的家族和血統，先生們！把那些偷拐搶騙的政治家趕出這片土地！保護那些辛勤勞作、給予我們遼闊田地的修士們！成爲眞男人，而非醉醺醺的華麗花瓶！」

「我的老天！」其中一人大叫一聲，跳了起來。

「退後，不然我就開槍了！我來這裡，不是爲了在亞歷山大的家中和你們戰鬥。我很尊敬他，做不出這種事情。我來這裡，是要告訴你們關乎你們自身的事實。

「你們的家族全都可以成就、亦能打敗一名總督！紳士們，請基於正當理由團結起來，不要浪費生命。只要克服恐懼，你們做得到的。想要冒險？這裡就有險可以冒——打擊不公。」

「我的老天，好像挺好玩的！」其中一人回答。

「若你喜歡，可以將它視作趣事，但是不僅如此，你還是在做件好事。那些政客哪敢起身反抗你們？你們可是最有權勢的家族之子嗣！團結起來，名留青史。讓自己成爲這片土地上上下下令人生畏的眞男人。」

「那可是叛國啊……」

「各位紳士，打倒暴君並非叛國！難道你們害怕的就是這個？」

「我的老天，才不！」他們齊聲大喊。

「那就起身反抗！」

「你會領導我們？」

「沒錯，各位先生！」

「可是等等！你的出身可好？」

「我是一位紳士，血統和這裡的任何一位一樣優良。」蘇洛大盜告訴他們。

「你的大名是?你的家族居住何處?」

「這些事情現在必須保密。我可以向你們保證我的家世。」

「你的長相……」

「現在不能摘下我的面罩,先生。」他們搖搖晃晃站起身子,狂熱地歡呼擁戴他。

「且慢!」其中一人喊道,「這對亞歷山大並不公平。他說不定並不贊成我們,而我們卻在他的家計畫、策謀……」

「我十分贊成你們,並且願意支持你們,各位紳士。」亞歷山大說。

大廳裡迴盪著他們的歡呼。有了亞歷山大・維加的支持,沒人能夠反抗他們。就連總督自己也不敢反對之。

「就這麼定下了!」他們大叫,「我們應該稱呼自己爲『復仇者』!我們將會馳騁皇家大道,令那些搶劫老實人和虐待土著的傢伙聞風喪膽!我們將會趕走那些偷拐搶騙的政客!」

「這麼一來,你們將會成爲眞正的紳士,保護弱小的騎士。」蘇洛大盜說,「萬萬不可反悔,先生們!我來領導,並且付出忠誠,希望你們也能如此待我。還有,我希望你們服從指令。」

「我們該怎麼做呢?」他們叫道。

「不要張揚這件事情。明天一早，回到洛杉磯鎮，跟大家說你們沒有找到蘇洛大盜——說你們沒有抓到他好了，這倒也是事實。準備團結一氣，隨時出發。時機一到，我就會傳話給你們。」

「怎麼傳話？」

「我認識你們所有人。我會傳話給其中一個人，由他來通知其他人。沒問題吧？」

「沒問題！」他們吼叫道。

「那麼，我現在要留下你們在此。你們全都待在原地，不要跟著我。這是命令。再會，紳士們！」他在眾人面前鞠了一躬，甩開門，跑出去，將門關在身後。

他們聽見車道上傳來馬蹄聲。然後，他們舉起酒杯，為新成立的聯盟、遏止騙子和小偷的聯盟，為了蘇洛大盜、卡皮斯特拉諾之禍，為了亞歷山大．維加，乾了一杯。方才完成的協定以及這個協定所代表的意義，不知怎地使他們全醒了酒。他們再次坐下，開始談論那些應當被糾正的陋習——每個人都知道好幾個。

亞歷山大．維加獨自一人坐在角落，感到悲痛萬分，因為他的獨子竟在房裡睡覺，沒有熱血參與這場行動——他應該是最有資格加入的。他應該是領袖之一才對。

好似要增添他的不幸般，迪亞哥在此刻慢慢走進大廳，一邊揉著眼睛、一邊打著哈欠，彷彿受到打擾一樣。

「今晚在這間房子裡根本無法入眠。」他說，「給我一杯酒，讓我和你們一起喝。你們爲何如此歡欣鼓舞？」

「蘇洛大盜剛剛來了。」他的父親開始說道。

「那個大盜？剛剛來了？我的老天！沒有人可以忍受得了這一切。」

「坐下，我的兒子。」亞歷山大要求，「剛剛發生了一些事情。現在，你有機會好好展現你的熱血了。」

亞歷山大的態度相當堅決。

第二十六章　達成共識

這天晚上剩餘的時光，紳士們大聲吹噓自己要做出哪些大事，並且開始籌畫許多計謀，打算呈給蘇洛大盜核准；此外，雖然他們似乎把這件事視爲一種玩樂與歷險的機會，但是言談之間仍隱約透露出認眞和嚴肅之情。因爲，他們十分清楚這個年代的混亂狀態，也知道許多事情不該如此。在現實生活中，他們也是公平正義的提倡者。他們常常思考這一切，卻沒有做出任何行動，因爲沒有人將他們團結起來，也沒有人領導他們，大家都在等別人起頭。但是現在，蘇洛大盜在這關頭率先出擊，那些想法說不定眞的能獲得實踐。

迪亞哥聽說了這些事情，他的父親告訴他，他可以參與此事，證明自己是個男人。迪亞哥非常生氣，說這種事情會要了他的命，但是爲了父親，他還是會去做。

一大清早，紳士們吃了一頓在亞歷山大的吩咐下所準備的早餐，接著動身返回洛杉磯鎭，迪亞哥遵照父親的命令，也一起騎了回去。關於他們的計畫，一個字也不能透露。他們打算從其他兩路去追逐蘇洛大盜的民兵中，招募更多的人。他們知道有些人絕對會加入他們，而其他人則是總督的忠實手下，必須對他們隱瞞此計畫。

他們騎馬騎得從容，叫迪亞哥感激不盡。貝納鐸仍騎著騾子跟在後面，對於迪亞哥那麼快就離開父親的房子，他感到些許失望。貝納鐸知道他們正在計畫某件大事，但是猜不到是什麼，他眞希望自己能像其他人一樣聽說無礙。

返抵廣場時，他們發現另外兩隊早已在那裡了，並且說他們沒有找到大盜。一些人聲稱有遠遠地看見他，還有個人說他對他開了一槍，這個說詞讓前一晚待在亞歷山大家中的紳士感到十分好笑，互相帶著異樣的表情看著彼此。

迪亞哥離開眾紳士，匆匆回家換上乾淨清爽的衣物，讓自己重新提起精神來。他叫貝納鐸去做該做的事，也就是坐在廚房裡，等著主人召喚。接著，他下令準備好馬車。這輛馬車是皇家大道上上下下最豪華的馬車之一，迪亞哥爲何買下它，一直是個謎團。有人說，他是爲了炫耀自己的財富；其他人則說，某個製造業代理商一直煩他，爲了將他甩掉，迪亞哥只好下了訂單。

迪亞哥從房子出來，身上穿著最棒的服飾；但是他沒有上馬車。廣場再次引起一陣騷動，佩德羅．岡薩雷斯中士和他的部隊騎著馬來了。雷蒙上校派去的手下很快就追上了他們，因爲他們騎得不快，沒有騎得很遠。

「哈！迪亞哥，我的朋友！」岡薩雷斯大叫，「還生活在這個時局混亂的世界？」

「不得已如此。」迪亞哥回答，「你抓到蘇洛大盜了嗎？」

「好紳士，那隻鳥兒又溜走了。我們往百樂鎭的方向追他的那天晚上，他似乎轉而騎往聖蓋博了。啊，犯點小錯不要緊的。等我們找到他，就會讓他見識到更可怕的報復。」

「這句話是什麼意思，中士？」

「我的手下會好好提振精神，然後我們一起騎往聖蓋博。聽說大盜就在那附近，雖然昨天晚上他讓法官受到鞭打後，有三十名熱血青年出發尋找他卻未果。但是我想，那些紳士經過時，他肯定是躲在樹叢裡偷笑。」

「願你的馬匹擁有神速、用劍的慣用手力量無窮。」迪亞哥說，上了馬車。

有兩匹駿馬被栓在馬車前頭，一位穿著華麗制服的土著馬夫負責駕馭牠們。馬車開始出發，迪亞哥靠在椅墊上，半闔著眼。馬夫開過廣場、轉上大道，朝著卡洛斯・普利多的莊園駛去。

卡洛斯坐在外廊上，看見一輛華麗的馬車接近，喉嚨發出一聲低吼，接著起身進到屋內，面對妻子和女兒。

「女兒，迪亞哥來了。」他說，「我已經跟你說過有關這位年輕人的事情了，相信你會像一個盡責的女兒該做的那樣，銘記我所說的話。」

他轉身走到外廊上，而蘿莉塔卻跑到房間裡，倒在一張沙發上哭泣著。老天知道她多希望自己能夠對迪亞哥有所感覺，嫁作他的妻子，幫助父親的財產，可是她就是做不到。

為何那個男人不能像個紳士一樣？為何他不能展現出一定程度的常識？為何他不像個充滿健康活力的青年，卻像一個老態龍鍾、一腳已經踏入墳墓的老頭？

迪亞哥從馬車下來，對馬夫揮揮手，要他繼續開到馬欄的院子。他沒精打采地向卡洛斯打聲招呼，卡洛斯驚訝地發現，迪亞哥手裡竟拿著一把吉他。他將吉他放在地上，摘下墨西哥帽，嘆了口氣。

「我出門拜訪了家父。」他說。

「哈！亞歷山大近來可好？」

「他就和平常一樣十分硬朗。他指示我繼續追求蘿莉塔小姐。他說，如果我不在一定期間內娶得妻子，他死後就要將遺產送給方濟會修士。」

「是嗎？」

「他親口說的，家父可從不會食言。卡洛斯，我非得贏得小姐的芳心才行。我所認識的女子當中，只有她會是我父親能夠接受的媳婦。」

「迪亞哥，求求你，獻點殷勤。拜託你別這麼實事求是。」

「我決定要效法其他男人，對她求愛，雖然這肯定很無聊。你覺得我該怎麼開始呢？」

「這種事實在很難給建議。」卡洛斯回答，竭盡全力回想當初他是如何向卡塔琳娜求愛的。「你必須是很有經驗的男人，要不就是那種自然而然就知道怎麼做的男人。」

「恐怕我是兩者皆非。」迪亞哥說，又嘆了口氣，抬起疲憊的雙眼，看著卡洛斯。

「帶著愛慕的眼神看著小姐，應該會是個很不錯的舉動。一開始先不要提到婚姻，而是談情說愛就好。試著帶著豐富情感柔聲說話，說著那些毫無意義的空洞情話，這些話對於女人來說意義可大了。這是一門藝術：說著一件事，指的卻是另外一回事。」

「我覺得太難了。」迪亞哥說，「不過，當然，我還是要試試。我現在可以見她了？」

卡洛斯走到門口，呼喚妻子和女兒，前者對迪亞哥露出鼓勵的笑容，而後者雖然也微笑著，卻是帶著恐懼不停顫抖。她已經將一顆心給了那位不知為何方神聖的蘇洛大盜，沒辦法再去愛其他男人，也不能嫁給她不愛的人，即使可以拯救父親脫離貧窮也是一樣。

迪亞哥將小姐帶到外廊一端的長椅，開始一邊隨意聊著，一邊撥弄著吉他弦。卡洛斯和妻子則坐到外廊另一端去，希望事情順利發展。

蘿莉塔十分高興迪亞哥不像之前那樣提起婚事。他反而告訴她鎮上發生了什麼事，像是菲利普被鞭打、蘇洛大盜懲罰法官、接著打敗十幾個人之後脫逃的事情。雖然一副有氣無力的模樣，但是迪亞哥說話倒是挺有趣的，使得蘿莉塔比先前還喜歡他。

他也聊到前往父親的莊園，以及那些紳士在那兒飲酒作樂度過一個晚上的事；但是，他沒有提到蘇洛大盜的到訪和剛成立的聯盟，因爲他發誓不可以洩露秘密。

「我的父親威脅我，若我沒在期限內娶妻，就要剝奪我的繼承權。」迪亞哥這時說，「小姐，你想看我失去父親的家產嗎？」

「當然不想，」她回答，「有很多女孩都會以成爲你的妻子爲傲，迪亞哥。」

「你卻不會？」

「我當然會很驕傲。可是，如果沒有動心，這個女孩又有什麼辦法呢？你希望娶一個不愛你的妻子嗎？試想，你得在她身邊度過這麼多年，卻沒有愛可以撐過這段時間。」

「那麼，你不認爲往後有試著愛我的可能嗎，小姐？」

突然，女孩面對著他，壓低聲音急切地說。

「先生，你是一位具有高貴血統的紳士，我可以信任你對吧？」

「我的誠信至死方休，小姐。」

「這樣的話，我有件事要告訴你，請一定要保密。我得同你講明。」

「請說，小姐。」

「如果我的心要我這麼做，那麼能夠成爲你的妻子我是萬分開心的，先生。因爲我知道，這麼做將可扭轉父親的財產。但是，我或許是太過誠實了，無法嫁給我所不愛的人。我之所以不能愛你，是有原因的。」

「你的芳心已有所屬？」

「你猜對了，先生。我的內心全是他的身影。這樣一來，你是不會想要娶我爲妻的。我的父母並不知情。你一定要替我保密。我對天發誓句句屬實。」

「那個男人是否正派？」

「我相信他是的，先生。如果他並非如此，那麼我將抱憾終生，卻也無法再愛其他男人了。現在你懂了嗎？」

「小姐，我完全懂了。請容我表達我的希望，希望你會發現他是正派之人，並且成爲你的夫婿人選。」

「我就知道你是一位眞正的紳士。」

「如果事情發展不如預期，需要朋友時，儘管來找我，小姐。」

「家父當下絕不能起疑心。我們必須讓他以爲你還在追求我，而我也會假裝好好考慮這樁婚事。你可以慢慢地減少拜訪我的次數……」

「我知道，小姐。但是這對我不太好。我已經要求令尊准許我向你求愛，如果我現在跑去追求別的女孩，他一定會很生氣。但是如果我不追求其他女孩，家父又會來訓斥我。眞是兩難。」

「說不定過一陣子就好了，先生。」

「哈！有了！失戀時，男人會做什麼？他會意志消沉、愁眉不展、不願參與當下任何行動和娛樂。小姐，你在某方面救了我！因爲你不願回報我的愛，所以我就可以沒精打采。這樣一來，我在太陽底下一邊做白日夢、一邊沉思冥想，而非像個蠢蛋騎馬打仗，人們也會知道原因爲何。我可以安安靜靜過我的生活，不切實際的氛圍將會圍繞在我身邊。這主意太好了！」

「先生，你眞是沒有救啦！」蘿莉塔笑著大叫。

卡洛斯和卡塔琳娜聽見她的笑聲，轉頭一看，接著快速交換了一個眼神。他們心想，迪亞哥．維加終於開始和小姐相處融洽了。

接著，迪亞哥繼續演下去，彈著吉他、哼唱有關明亮雙眸與愛情的詩歌。卡洛斯和妻子又互相看了一眼，但這次是帶著驚嚇，希望他能快快停止，因爲這位維加家的子嗣在音樂和聲樂方面，實在被許多人給比下了，他們擔心他會失去方才所建立起的良好形象。

不過，蘿莉塔對於這位紳士的歌聲似乎並未置評，她什麼也沒說，也沒有不高興的樣子。

他們後來又聊了一下，接著在午睡時間來臨以前，迪亞哥向他們告辭，乘坐華麗的馬車離去。在車道的轉彎處，他還向他們揮揮手。

第二十七章　逮捕令

雷蒙上校指定送信到北方給總督的那位信差，原先幻想著能在聖方濟各過一段快樂時光後，再回到洛杉磯鎮的要塞。因為，他在那裡認識一位小姐，她的美貌使他的心灼熱不止。

因此，他在離開司令官的辦公室後，便像魔鬼般策馬疾馳，在聖費爾南多和沿途的一座莊園都換了馬，並在某天傍晚騎到聖芭芭拉，打算再換一次馬匹，同時在當地的要塞吃點肉、喝點酒，再繼續趕路。

不過，就在聖芭芭拉，他在聖方濟各與小姐歡笑嬉戲的希望，卻是殘酷地破滅了。要塞門口停了一輛讓迪亞哥的馬車都相形失色的超級豪華馬車，二十來匹的馬栓在那兒，大道上有許多士兵（比聖芭芭拉平常駐守的數量還要多）正在走動，彼此嘻笑怒罵。

原來，總督就在聖芭芭拉。

總督閣下幾天前離開了聖方濟各，開始進行一趟巡查之旅，打算旅行到最南邊的聖地牙哥，沿途鞏固權威、獎勵朋友、懲罰敵人。

他在一個小時前抵達聖芭芭拉，現在正在聆聽當地司令官的報告，之後打算留在一位朋友家中過夜。他的部隊當然是留宿在要塞裡頭，翌日將會繼續旅程。

雷蒙上校曾告訴信差，他所送的這封信至關重要，於是他趕緊來到司令官的辦公室，一副位高權重的樣子走了進去。

「洛杉磯鎮的司令官雷蒙上校派我前來送一封重要的信函給閣下您。」他報告著，行禮行得站姿僵硬。

總督咕噥一聲，拿過信，司令官示意信差退下。閣下快速讀了信件，讀完之後，雙眼露出一絲邪惡的光芒，捻著鬍髭，顯然十分滿意。接著他又讀了一遍信件，皺起眉頭。

他雖然很樂意繼續打擊卡洛斯．普利多，可是卻很不高興這位挑戰他的蘇洛大盜竟然仍是逍遙法外。他起身踱步好一會兒，接著轉身面對司令官。

「日出之時，我就要動身往南方。」他說，「洛杉磯鎮亟需要我的存在。你要好好照料一切。告訴那位信差，他會在我的部隊護送下返回。我現在就要去拜訪我的朋友。」

於是，隔天一早，總督便出發前往南方，身邊圍繞著二十位精挑細選的護衛隊士兵，信差亦在其中。他快速前進，在某天早晨抵達洛杉磯鎮的廣場，事先並未通報。同樣是那天早上，迪亞哥坐著馬車前往了普利多莊園，帶著一把吉他。

總督一行人停在酒館門口，胖老闆差點沒中風，因爲沒有人事先告知他總督要來，他很擔心總督進到酒館時，會發現裡面髒兮兮的。

但是，總督並未離開馬車、走進酒館。他環視著廣場，觀察許多事物。對於這個鎮上的大人物，他總是有種不踏實感；他覺得自己並沒有完全掌控他們。

此時，他謹愼地觀察：總督到來的消息傳開來後，某些紳士匆匆趕到廣場迎接他、歡迎他。他注意到現身的那些人很眞誠，同時觀察那些慢一步前來向他致意的人，還發現到好幾個人並未出現。

他告訴他們，他必須先處理要緊事，所以要趕著去要塞一趟。處理完後，他很樂意到任何人的家中作客。他接受了一份邀請，接著吩咐馬夫前進。他想起雷蒙上校的信件，發現迪亞哥．維加並未出現在廣場。

岡薩雷斯中士及其部下出外追捕蘇洛大盜去了，所以雷蒙上校親自來到要塞入口接待閣下，對他莊嚴敬禮、深深鞠躬，並且吩咐護衛隊的指揮官接管此地、維持秩序，爲了總督駐守士兵。

他帶領閣下來到私人辦公室，總督坐了下來。

「最近有什麼消息？」他問道。

「閣下，我的部屬正在追蹤他的行跡。但是，正如我在信中所寫，這個該死的蘇洛大盜擁有盟友——想來是一大批的狐群狗黨。我的中士曾經兩度向我報告，他發現他和一群走狗在一起。」

「務必拆散他們、全數殲滅！」總督叫道，「這種人總是可以找到跟隨者，而且越找越多，直到他們的力量足以給我們帶來極大的麻煩。他還有沒有做出更多殘暴行爲？」

「有的，閣下。昨天，一名聖蓋博的修士因詐欺而受到鞭刑，蘇洛大盜在大道上抓住證人，把他們鞭打得幾乎致死。接著，他在黃昏時分來到鎮上，使得法官也遭鞭打。

「我的士兵當時正在外頭尋找他的蹤跡。蘇洛大盜似乎知道軍隊的動向，總是趁部隊不在時襲擊。」

「所以，有間諜在給他警告？」

「看樣子是這樣，閣下。昨晚有三十名年輕紳士騎馬去找尋他，但是沒找到那個混帳的下落。他們今天早上回來了。」

「迪亞哥・維加和他們一起嗎？」

「他沒有和他們一起出發，但卻跟著回來了。他們好像是在他父親的莊園碰見他的。您或許猜想，我在信中所指的是維加家族。閣下，現在我已確信這個懷疑並不正確。蘇洛大盜有天晚上甚至趁迪亞哥不在家時，入侵了他家。」

「怎會如此？」

「不過，卡洛斯・普利多和他的家人當時倒是在那裡。」

「哈！在迪亞哥家中？這是什麼意思？」

「說來好笑，」雷蒙上校輕笑著說，「我聽說亞歷山大命令迪亞哥娶個妻子。這個年輕人不是那種會追求女性的人，他毫無生命力。」

「我知道他這個人，繼續說。」

「所以，他就直接騎到卡洛斯的莊園，希望獲准追求卡洛斯的獨生女。蘇洛大盜在外作亂，於是迪亞哥前往自己的莊園辦事之時，便邀請了卡洛斯偕同家人來到鎮上，住在他家，直到他回來爲止，這樣比較安全。普利多一家人當然無法拒絕。蘇洛大盜似乎跟著他們來了。」

「哈！說下去。」

「迪亞哥帶他們來此躲避蘇洛大盜的惡行，但是事實卻是他們和這個大盜串通一氣，想來實在好笑。別忘了，蘇洛大盜還曾經去過普利多的莊園。我們是從一個土著那兒得到消息，差點就在那裡抓到他了。他那時正在吃晚餐。他就躲在櫥櫃裡面，當我獨自在那裡，手下都去追蹤他的時候，他就從櫥櫃跑出來，從背後刺傷了我的肩膀，然後逃之夭夭。」

「卑鄙小人！」總督叫道，「不過，你覺得迪亞哥和普利多小姐是否會結成連理？」

「閣下，這一點我想你就不必擔心了。我認爲迪亞哥的父親有事先警告過他了，要他明白一件事：卡洛斯和閣下您的關係不是很好，但是還有別的紳士，其千金與您交情好得很。

「無論如何，普利多一家人在迪亞哥回來之後，就回他們的莊園去了。迪亞哥還到要塞拜訪我，看樣子很擔心我將他視爲叛國賊。」

「聽到此事，我眞是高興啊！維加家族權力很大。他們雖不是我的好友，但也從未反抗過我，所以我沒什麼好抱怨的。可以的話，要繼續與他們保持友好。至於普利多家族……」

「就連那位小姐似乎也在幫助大盜。」雷蒙上校說，「她竟然向我誇讚他的勇氣。她對士兵一屑不顧。卡洛斯・普利多以及某些修士都在保護那個傢伙，給他食物飲水、藏匿他、告訴他部隊的最新動態。普利多家族在妨礙我們捕捉那個混蛋的努力。我原本想要採取行動，但是我想最好還是知會您一聲，等待您的決定。」

「這種事情只有一種決定。」總督高高在上地說，「無論一個人的血統多麼好、階級多麼高，只要他做出叛國之舉，就不能不受罰。我還以爲卡洛斯已經學到教訓了，但看樣子是還沒有。要塞裡有沒有你的手下？」
「有一些生了病的，閣下。」
「在我護送之下回來的那位信差，他對附近地區熟嗎？」
「這還用說，閣下。他在這裡已經駐守一陣子了。」
「那他可以帶路。立刻派遣我一半的護衛隊到卡洛斯・普利多的莊園去。叫他們逮捕卡洛斯，將他送入監牢監禁。這樣他的高貴血統就會受到打擊。我已經受夠這些姓普利多的了。」
「那麼，那位藐視我的高傲女主人以及辱罵士兵的傲慢小姑娘呢？」
「哈！你說的沒錯。我要好好教教這個地方所有的人。也將她們丟入大牢監禁！」
總督說。

第二十八章　暴行

迪亞哥的馬車才剛停在家門口，一隊士兵便經過他身邊，揚起一團沙塵。他不曾在酒館看過這些人，因此認不得他們任何一人。

「哈！他們是要來追蘇洛大盜的新士兵？」他問站在旁邊的一個路人。

「他們是總督護衛隊的其中一部份，好紳士。」

「總督人在這裡？」

「他不久前才抵達，並且去了趟要塞。」

「我猜，他們一定是有大盜的最新消息，所以才派他們在塵土和烈日下如此奔馳。他似乎是個出沒不定的頑皮精。我的老天！要是總督到達時我在這裡，他肯定會借住我家。現在，別的紳士有了娛樂總督的榮幸。眞是太可惜了。」

然後，迪亞哥走進屋子裡。那名男子聽見他這麼說，不曉得該不該相信最後那句話的眞誠度。

由知道路的信差領頭，這隊士兵在大道上快馬加鞭，很快便來到通往卡洛斯宅邸的小徑。他們面對這個任務，就像是要前去捉拿亡命之徒一般。他們騎上車道，馬上分成左右兩路，踐踏卡塔琳娜的花圃、嚇得雞群嘎嘎奔逃，才一瞬間就包圍了房子。

卡洛斯坐在外廊上他習慣的那個位置半睡半醒著，沒有注意到士兵靠近，直到他聽見馬蹄的聲音。他警覺地站起身子，以爲蘇洛大盜又再次出沒鄰近地區，士兵們正在追他。

三名士兵在門階前方的塵土中下馬，一位指揮部隊的中士走上前，拍掉制服上的灰塵。

「你是卡洛斯・普利多？」他大聲問。

「是我本人沒錯，先生。」

「我奉命前來逮捕你。」

「逮捕我！」卡洛斯叫道，「是誰下的命令？」

「總督閣下。他現正在洛杉磯鎮，先生。」

「罪名是？」

「叛國罪兼協助國賊。」

「豈有此理！」卡洛斯叫道，「雖然受到迫害，但我並未反抗當權者，竟然還被控叛國罪？這些罪名的細節爲何？」

「先生，這你就要問法官大人了。我只知道要逮捕你，其他一概不知。」

「你要我跟你走？」

「我命令你跟我走，先生。」

「我可是家世顯赫、一名紳士……」

「我有命令在身。」

「這麼說來，你們不相信我會出現在審判地點？不過，說不定審訊馬上就要開始了，這樣也好，我可以快點洗刷罪名。要去要塞嗎？」

「任務結束，我要返回要塞，你要到監牢裡。」中士說。

「到監牢裡？」卡洛斯尖叫，「你敢？你敢把一個紳士丟進惡臭汙穢的監牢裡？你敢將他帶到監禁叛逆士著和罪犯的地方？」

「我有命令在身，先生。請立刻準備跟我們回去。」

「我得交代管家莊園的事務才行。」

「我跟你一起去，先生。」

卡洛斯氣得滿臉通紅，他看著中士，雙手握拳。

「我得字字句句都受到羞辱嗎？」他大叫，「你覺得我會像個犯人一樣逃跑？」

「我有命令在身，先生。」中士說。

「我至少可以告訴妻女這個消息，同時不必受到外人緊迫盯人吧？」

「你的妻子是卡塔琳娜．普利多嗎？」

「那是當然。」

「我也奉命要逮捕她，先生。」

「人渣！」卡洛斯叫道，「你連女士都要碰？你要將她帶離她的房子？」

「我接收到的命令就是如此。她也被判了叛國罪兼協助國賊的罪名。」

「我的老天！太過分了！只要我還有一口氣在，我就會和你及你的手下纏鬥到底！」

「卡洛斯，如果你想要開戰，你是撐不久的。我只是在執行我的命令。」

「我摯愛的妻子得像個土著村姑一樣遭到逮捕！還是這種罪名！你想對她怎麼樣，中士？」

「她要被關進大牢裡。」

「把我的妻子關進那個骯髒之地？這片土地上還有正義嗎？她可是擁有高貴血統的弱女子……」

「夠了，先生。命令就是命令，我必須照做不誤。我是軍人，必得服從。」

此時，卡塔琳娜跑到外廊；她剛剛一直在門內聽著這段對話。她的臉色蒼白，但是神情驕傲。她擔心卡洛斯會攻擊這名軍人，並因此受傷或被殺，或至少加重身上的罪名。

「你都聽見了？」卡洛斯問她。

「夫婿，我都聽見了。這只不過是另外一次的迫害。我的自尊才懶得與這些尋常士兵講道理，他們不過就會執行長官的命令。即使身陷牢籠，普利多家族的人也不會有所改變，夫婿。」

「但是，這實在太羞辱人了！」卡洛斯叫道，「這一切是什麼意思？到底何時才會結束？女兒將要獨自和僕人們待在一起，因爲我們舉目無親……」

「你的女兒是蘿莉塔・普利多嗎？」中士問，「那麼不用難過，先生，你們不會被拆散。我也奉了命，要逮捕你的女兒。」

「罪名是？」

「一樣，先生。」

「你要帶她去……」

「去牢裡。」

「這樣一位純眞、高貴、溫柔的女孩？」

「我的命令就是如此，先生。」中士說。

「但願上天好好譴責下出這些命令的傢伙！」卡洛斯大叫，「他們已經奪走我的財富和土地，已經將恥辱加諸在我和我的家人身上了。但是，感謝上天，他們無法粉碎我們的自尊！」

卡洛斯把頭抬得高高的，雙眼炯炯有神，挽著妻子的手，轉身進到屋內，中士緊跟在後。他將這個消息告訴了蘿莉塔，她呆若木雞地站著，然後撲簌簌地流下淚來。接著，普利多家族的自尊心湧上她的心頭，她擦乾淚水、對著中士譴責地噘起嘴巴，並在他靠近時將裙子甩到一邊去。

僕人們將貨車開到門口，卡洛斯及其妻女坐了進去，前往鎮上的羞恥之旅於焉展開。

他們的內心或許充滿悲痛，但是普利多家族沒有任何人表現出來。他們抬起頭來，直視前方，假裝沒有聽到士兵低聲嘲弄。

他們經過許多路人身邊，這些人被部隊趕到路旁，驚訝地看著貨車裡的人們，卻不發一語。有些人難過地看著他們，有些人嘲笑他們的處境，端視這些路人是站在總督那一邊，還是憎恨不公的正直村民。

終於，他們來到洛杉磯鎮的外圍，全新的羞辱接踵而來。總督閣下決心要讓普利多家顏面掃地，於是派了一些士兵散佈相關消息，並且賞錢獎勵士著和苦力，要他們在囚犯抵達之時，嘲弄奚落他們。總督希望殺雞儆猴，防止其他貴族家庭反抗他，並希望讓普利多家族看起來好像受到了所有高低階級的厭惡。

他們在廣場邊緣遇見了一群暴民。他們說著殘忍至極的辱罵和嘲語，其中有些是純潔的蘿莉塔不應聽聞的。卡洛斯的臉色氣得脹紅，卡塔琳娜的眼中溢著淚水，蘿莉塔的嘴唇不停顫抖；但是除此之外，他們沒有顯露任何聽見這些中傷的樣子。

繞過廣場前往監牢的路途被刻意放慢了。酒館門口有一群無賴，他們喝著總督請的酒，增添了不少嘈雜聲。

其中一個人丟了泥巴，濺到卡洛斯的胸膛，但他故意不去注意。他一手摟著妻子、一手環住女兒，好似要給她們他所能給予的保護，並且直視前方。

有些高貴的男士目睹了這一幕，但是並未參與這場騷動。他們之中有些人就和卡洛斯一樣年邁，這種暴行讓他們內心升起對總督強烈卻又消極的憎惡。

另外有些年輕紳士，體內流著憤怒的熱血。他們看著卡塔琳娜受盡折磨的臉龐，想像她是自己的母親；看著蘿莉塔美麗的臉孔，想像她是自己的姊妹或未婚妻。

其中有些紳士偷偷互看對方，雖然沒有說話，卻想著同一件事情——蘇洛大盜是否會聽說此暴行，並且傳話給新聯盟的成員，要他們聚集在一起。

貨車終於停在監獄門口，嘲諷囚犯的土著和苦力暴民圍繞著它。士兵們假裝叫他們退開，中士下了馬，迫使卡洛斯和他的妻女走下車來。

粗鄙又酒醉的人們在他們走上門階時，不斷推擠他們。他們丟了更多泥巴，有些濺到了卡塔琳娜的衣裳上。不過，如果這些暴民以爲年邁的紳士會情緒爆發，他們就錯了。卡洛斯高高抬著頭，無視於那些不斷折磨他的人，帶著兩位女士走到門口。

中士拿起笨重的劍柄敲了敲門。門開了一道縫隙，帶著邪惡笑容的獄卒出現在門後。

「是誰來了？」他問。

「三名被判叛國的罪犯。」中士回答。

門打開了。暴民喊著最後的嘲諷話語，罪犯進到門內，門又再次關上、栓好。獄卒帶頭穿過一個發出惡臭的走廊，打開另一扇門。

「進去。」他說。

三名囚犯被強推了進去，門被關上並拴住了。他們在半昏暗的空間眨了眨眼，漸漸看出來兩扇窗、幾張長凳，以及幾個蜷伏在牆角的流浪漢。

他們甚至沒有被分派到一間乾淨的私人牢房。卡洛斯及其妻女與鎮上的卑賤之人關在一起，那些酒鬼和小偷、不名譽的女人和沒禮節的土著。

他們在角落的一張長凳上坐下來，盡可能遠離其他犯人。接著，卡塔琳娜和女兒控制不住眼淚，開始哭了起來，年邁的卡洛斯試圖安撫她們時，卻也不禁潸然淚下。

「要是迪亞哥・維加是我的女婿那有多好。」他輕聲說。

他的女兒按住他的手臂。

「父親……說不定……會有朋友前來搭救我們。」她悄聲說，「或許釀成這場暴行的惡人會得到報應。」

小姐似乎覺得好像已經看到蘇洛大盜的身影出現在她的面前；她對心之所屬的這個男人懷有很大的信心。

第二十九章　迪亞哥生病了

卡洛斯・普利多和他的妻女被監禁牢獄中一個小時之後，迪亞哥・維加穿上了最講究的服裝，在通往要塞的斜坡上緩緩步行，準備前去問候總督閣下。

他大搖大擺地走著，左顧右盼，似乎是在看遠方的山丘，還曾一度停下腳步，觀看一朵盛開在路邊的花兒。他的長劍插在身側，劍柄鑲滿珠寶，是他最華貴的一把劍。他的右手拿著一條滾邊手帕，像個花花公子一樣來回擺動，時不時碰碰他的鼻尖。

他對兩、三位經過的紳士鄭重地鞠躬，但除了一些必要的招呼外，沒有多說幾句，而他們也沒有想要和他聊天。因爲，他們仍然認爲迪亞哥・維加正在追求卡洛斯的千金，並且十分好奇他會如何看待她和雙親一同被監禁的事情。他們不願討論此事，因爲他們自己也很義憤填膺，擔心自己會不小心說出一些氣話，被當作是叛國言論。

迪亞哥來到要塞的大門口，負責的中士叫士兵們稍加留心，要給這位紳士行禮，因爲他的地位很高。迪亞哥以揮手和微笑回應之，走到了司令官的辦公室。總督正在接見一些紳士，他們全都是來拜訪總督閣下並且表達忠誠的。

他措辭小心地對總督閣下表達歡迎之意，深深鞠了一躬，接著在總督好意指定的座位上坐下。

「迪亞哥・維加，」總督說，「你今天來拜訪我，我特別高興。在這種時局下，位居高位的人必須知道孰是敵、孰是友。」

「我應該早點來拜訪的，但是您抵達時，我正好不在家。」迪亞哥說，「閣下，您預計在洛杉磯鎮停留多久？」

「待到這位蘇洛大盜被殺或被擄為止。」總督說。

「我的老天！我永遠都得聽見那個混帳的名字嗎？」迪亞哥叫道，「多天以來，我耳畔傳來的全是他的事情。我到一位修士家過夜，結果來了一群士兵在追蘇洛大盜；我赴往父親的莊園，想獲得平靜與安寧，卻又出現一群紳士，想要知道蘇洛大盜的下落。真是一個時局混亂的年代。本性喜好音樂與詩詞的人，在現在這個年代根本沒有活著的權利了。」

「讓你如此煩擾，真是叫我難過。」總督笑著說，「不過，我希望盡快抓住那個傢伙，結束這個惱人的事。雷蒙上校已經派人找回中士和他的部隊；我也帶了二十人護衛隊。所以，下回這個卡皮斯特拉諾之禍若再現身，我們就有足夠的兵力將他拿下。」

「希望一切能以應有的方式劃下句點。」迪亞哥說。

「位居高位的人總是有許多要應付的事情。」總督繼續說，「看看我今天被迫做了什麼。我被迫將一位血統良好的男人、他的夫人以及纖弱的女兒，全都關進牢裡。但，我必須保護這個國家。」

「我猜您指的是卡洛斯・普利多一家人？」

「沒錯，紳士。」

「現在我可想起來了，我得告訴您一些事。」迪亞哥說，「我想，我可能也與此事有關連。」

「我的好紳士，這怎麼會呢？」

「家父命令我娶一個妻子，好好建立我的家業。幾天以前，我向卡洛斯・普利多請求准許，追求他的女兒。」

「哈！我知道。但你並非那名年輕女子的未婚夫不是嗎？」

「還不是，閣下。」

「這樣一來，你就與此事毫無瓜葛了，迪亞哥。」

「但我一直在追求她。」

「迪亞哥，你應當感謝聖人這樁婚事已經告吹。想想看，如果現在你和這個家族聯姻，會成什麼樣子。至於娶妻一事，我的好紳士，和我一起到北方的聖方濟各，那裡的姑娘比南方女子要美麗得多。

「好好瞧瞧那些家世良好的女孩，喜歡哪一個就跟我說，我保證她會讓你追求、接受你的求婚和名分。我也可以向你保證，對方絕對來自忠心耿耿的家族，與之聯姻絕不丟臉。我們會給你找到一個正當的妻子，我的好紳士。」

「希望您不要見怪，但是，將卡洛斯和他的妻女關進監牢，不會太過嚴苛了嗎？」迪亞哥問，彈掉袖子上的灰塵。

「我認為這是必要的，先生。」

「閣下，您認為這麼做會提高您的聲望？」

「不管會或不會，國家至上。」

「血統良好的紳士不喜歡看見這種事發生，說不定會有閒言閒語呢。」迪亞哥警告他，「在這緊要關頭，我可不願看見閣下踏錯一步。」

「你要我怎麼做？」總督問道。

「如果你想，可以逮捕卡洛斯及其妻女，但是不要監禁他們。這根本不必要，他們又不會逃走。讓他們接受審判，就像溫和的百姓接受審判一樣。」

「你這話眞大膽，紳士。」

「我的老天，我話太多了嗎？」

「最好是將這種事情留給少數幾位值得信賴、會好好處理這些事的人。」總督說，「我當然知道血統良好的人看見一位紳士被關進牢裡、看見他的妻女也遭受同樣的對待，會有多憤慨，但是在這種情況下……」

「我還沒聽說這件事的起因爲何。」迪亞哥說。

「哈！等你聽我說完，說不定就會改變想法了。你剛剛說到了這位蘇洛大盜。要是我告訴你，卡洛斯・普利多一直在包庇、保護、提供飲食給這位大盜，你怎麼說？」

「眞是太叫人震驚了！」

「還有，如果我說，那個卡塔琳娜也是叛國的一份子？還有那位美麗的小姐，竟然大膽說出叛國言論、伸出一雙纖纖小手，共同策劃叛國陰謀？」

「眞是難以置信！」迪亞哥大叫。

「幾天前的一個晚上，蘇洛大盜出現在普利多的莊園。一位忠誠的土著警告了司令官。卡洛斯幫助那名匪徒騙了士兵們，將他藏在一個櫥櫃。雷蒙上校單獨在那裡時，這個大盜走出櫥櫃，使詐襲擊並刺傷他。」

「我的老天！」

「此外，當你外出，而普利多一家人在你家作客的時候，蘇洛大盜又出現在你家，司令官碰巧遇見了他們，他正和那位小姐說話。然後，這位小姐抓住雷蒙上校的手臂，激怒了他，並讓蘇洛大盜逃之夭夭。」

「太不可思議了！」迪亞哥驚呼。

「雷蒙上校向我指出無數個類似的可疑之處。現在你還會覺得我將他們關進牢裡不妥嗎？要是我僅僅將他們逮捕，這個蘇洛大盜將會和他們一起合力，幫助他們脫逃。」

「您打算怎麼辦，閣下？」

「在我的部隊追殺這個大盜時，我要將他們關在監獄中。我會逼他承認罪行，並且指認他們，然後他們就要接受審判。」

「這個時局混亂的年代啊！」迪亞哥怨聲載道地說。

「身為對國家忠心不二的人——我希望你同時還是我的擁護者，你應該會想要看見國賊遭受挫敗才是。」

「當然，我絕對是眞心地這麼想。這個國家眞正的敵人都該受到懲罰。」

「我的好紳士，聽見你這麼說我好高興啊！」總督叫道，伸出手來，熱切握著迪亞哥的手。

他們又聊了一些無關緊要的事，然後迪亞哥就起身離開，因為還有其他紳士等著要見總督。他離去後，總督望向雷蒙上校，露出微笑。

「司令官，你說的沒錯。」他說，「這種人不可能會是叛徒。要他思考有關叛國的事情，不累死他才怪。這個小子眞是！他肯定經常把他那脾氣火爆的父親搞得七葷八素的。」

迪亞哥慢慢走下山坡，沿途向經過的人打招呼，接著再次停下來看著路邊那些正怒放的小花。在廣場的一角，他遇見一位年輕紳士，開懷地叫了他一聲好友。原來，他是那天待在亞歷山大莊園的聯盟成員之一。

「哈！迪亞哥，今天過得可好！」他大叫，然後壓低聲音靠近他。「我們那一位復仇者聯盟的領袖，今天有沒有傳消息給你？」

「光天化日之下的，沒有啊！」迪亞哥說，「爲何他應該傳消息給我們？」

「普利多事件啊。看起來是一件暴行無誤。我們之中有些人已經開始在想，我們的領袖是不是不打算插手了。我們一直在等消息。」

「我的老天！噢，我不認爲。」迪亞哥說，「今晚我不能參與任何冒險活動。我……呃……我頭好痛，恐怕要發燒了。我得去看醫生。我的背脊也一直在打顫。這是某種症狀對吧？午睡時間，我的左腳膝蓋上方疼得很。一定是天氣的緣故。」

「希望這些症狀不會惡化下去。」這位朋友笑了一笑，匆匆走過廣場離開。

第三十章　狐狸的暗號

那天晚上，日落一小時後，一名土著找到其中一位紳士，告訴他有位紳士希望立刻和他說上話。那位紳士顯然相當富有，要找土著傳話，大可賞他一巴掌嚇嚇他就好，但他卻賞了他一枚金幣。此外，這位神秘的紳士還說，他會在通往聖蓋博的小路上等著他，為了確保他要找的這位紳士願意赴約，他還囑咐土著，一定要告訴他，附近出現了一隻狐狸。

狐狸！蘇洛就是狐狸啊！這位紳士心想。然後，他給了土著另外一枚金幣，簡直叫他樂不可支。他立刻前往赴約，發現蘇洛大盜就坐在他壯碩的馬匹上，蒙著面罩，大衣緊緊裹住身子。

「紳士，傳話給其他人。」蘇洛大盜說，「我要所有對我忠心耿耿或者希望忠心於我的人，全都在午夜時分集合於山丘後面的那條小巷。你知道那個地方嗎？好，我會在那裡等候。」

接著，蘇洛大盜將馬匹調頭，衝入黑夜中。這位紳士回到鎮上，將消息傳遞給可以信賴的人，並且催促他們傳話給聯盟其他的成員。其中一位跑到迪亞哥的家，但是管家說迪亞哥發了高燒，已經就寢，並且吩咐下去，在他沒有召喚之前，任何僕人膽敢進房，他就要活生生把他們的皮給剝了。

接近午夜時分，紳士們開始一個個偷偷溜出鎮上，每一個人都騎著最棒的馬，身上配有長劍和手槍。大家全都戴著面罩，遮住自己的面貌，這是他們在亞歷山大的莊園講好的眾多事情之一。

鎮上一片黑暗，只有酒館仍透出光線，總督閣下的護衛隊正在那裡和當地的士兵飲酒作樂。佩德羅．岡薩雷斯中士和他的手下在入夜以前返回鎮上，對於能夠結束追尋未果的任務感到十分高興，同時希望下次可以跟到較為明確的蹤跡。

酒館裡的士兵們是從要塞的山坡上走下來的，他們將馬留在要塞，並未配上馬鞍和馬勒，因爲他們完全沒想到今晚會碰到蘇洛大盜。胖老闆可是忙得很，來自北方的士兵口袋很深，十分樂意把金幣花光光。岡薩雷斯中士一如往常是同行人的目光焦點，他正鉅細靡遺地描述著，要是聖人好心讓他和蘇洛大盜碰上一面，並且當下賦予一把長劍給他，他要如何如何對付那個傢伙。

要塞的會客大廳也有燈火，因爲部分士兵已經回來休息。此外，總督閣下前往宴客的宅邸也是燈火通明。不過，鎮上其他房舍皆是漆黑一片，人們全都睡了。

監獄裡也沒有什麼燈光，除了辦公室裡燃燒著的一根蠟燭：有一個睡意濃厚的傢伙正在值班。獄卒已經上床睡覺去了。囚犯因爲睡在牢房硬梆梆的長凳上而發出呻吟聲。

卡洛斯・普利多站在窗前，抬頭看著星辰；他的妻女窩在他身邊的一張長凳上，無法在這種環境下入睡。

紳士們發現蘇洛大盜正在等他們，如同他先前所說的。但他表情漠然，沒有說話，等著全員到齊才開口。

「全部的人都到了？」他問道。

「除了迪亞哥・維加以外。」其中一人回答，「他生了病、發高燒，先生。」所有的紳士都笑了起來，因他們認爲是怯懦導致了他的發燒。

「我想，你們應該知道我心裡在盤算什麼。」蘇洛大盜說，「我們都知道卡洛斯・普利多和他的妻女發生了什麼事。我們也都知道他們是無辜的，就算不是，他們也不能被帶到監牢，和普通的罪犯和酒鬼監禁在一塊兒。

「你們想想，那些纖弱的女士竟被困在那種地方！想想看，就只因爲總督討厭卡洛斯！這個聯盟的目標，不就是要爲這種事情做出什麼行動嗎？倘若不是，那麼我就自己去做！」

「去救他們！」一位紳士喊道，其他人也咆嘯一聲，表示贊同。冒險犯難、做件好事的機會終於來了。

「我們必須悄悄進城，」蘇洛大盜說，「現在沒有月亮，只要小心行事，就不會被發現。我們要從南邊接近監獄。每個人都會被分派到任務。

「一些人圍住建築物，一有人靠近就通報；一些人必須在士兵聽見警報前來之時，準備擊退他們；其他人和我一道進去監獄救人。」

「這個計畫太棒了！」其中一人說。

「這不過是其中一小部分。卡洛斯自尊心極高，如果給他時間思索，說不定會拒絕被救。我們不能讓這種事發生。一些人得抓住他、將他帶走，其他人負責照顧卡塔琳娜，我則負責那位小姐。現在，把他們釋放後，要怎麼做？」

他聽見大家喃喃低語，卻沒明確回覆他，於是繼續說出他的計畫。

「所有的人都要騎上下方那條大道，」他說，「屆時我們要分散開來。負責卡塔琳娜的人要將她帶到亞歷山大·維加的莊園，必要時她可以在那裡躲起來，總督的士兵強行進入將她帶走之前，必會遲疑一下。

「負責卡洛斯的人取道百樂鎮，離這個城鎮十英里左右的地方，會有兩名接應的土著，他們將會秀出狐狸的暗號。這些土著會將卡洛斯帶走，好好照顧他。

「完成這些事後，每位紳士都要單獨一人靜悄悄地回家，想要捏造什麼藉口都行，但要小心謹慎。屆時，我已經將小姐帶到一個安全的地方。她會被交付給菲利普修士，一個我們能信賴的人，必要時他會將她藏起來。然後，我們就等著看總督要怎麼做。」

「他能怎麼做？」一位紳士問，「當然是去搜索囚犯。」

「我們務必等待事情進一步的發展。」蘇洛大盜說，「現在，大家都準備好了嗎？」

他們向他保證已經準備好了，他將每個任務分派給所有人，接著他們就離開小山谷，放慢速度、小心翼翼繞著小鎮而騎，從南邊接近。

他們聽見士兵在酒館裡喧鬧高歌，也看見要塞的燈光，兩個兩個一組悄悄地靠近監獄。

不一會兒，監獄已被一群靜默無聲、下定決心的男士包圍，蘇洛大盜和另外四人下馬，走到監獄門口。

第三十一章　拯救行動

蘇洛大盜拿起劍柄敲了敲門。他們聽見裡頭有個人倒抽一口氣，接著就聽到他走在石地板的腳步聲。不久後，門縫透出一絲光線，門打開了一個小縫，守衛睡眼惺忪的臉龐出現了。

「要做什麼？」他問。

蘇洛大盜將槍口塞進打開的門縫，對著那個人的臉，同時讓門無法關上。

「還想要命的話，開門！不要出任何聲音，快開門！」蘇洛大盜喝令。

「怎……怎麼一回事？」

「蘇洛大盜在跟你說話！」

「我的老天……」

「快開門，笨蛋，不然你馬上就一命嗚呼了！」

「我……我這就要開門了，不要開槍，蘇洛大俠！我只是個可憐的守衛，不會打架！求求你別開槍！」

「快點開門！」

「我找到對的鑰匙就會開了，蘇洛大俠！」

他們聽見他找著鑰匙的唰唰聲；沒多久，一把鑰匙插入門鎖，笨重的門打開了。

蘇洛大盜和四名同伴衝到裡面，再次關上、鎖好大門。守衛看著槍口抵住他的頭，幾乎要跪軟在這五位戴著面罩的可怕男人面前，不過其中一人抓住了他的頭髮，將他抬起來。

「這個地獄之所的管理員睡在哪？」蘇洛大盜質問。

「就在那個房間，先生。」

「你們把卡洛斯．普利多和他的妻女關在哪裡？」

「在普通牢房，先生。」

蘇洛大盜比手勢示意其他人，接著大步走過房間，打開通往獄卒臥室的門。他已經起身坐在床上，因為他聽見了另一個房間裡傳來的聲音。藉著燭光看見大盜時，他不禁害怕地眨眨眼。

「不准動，先生。」蘇洛警告他，「大叫一聲，你就必死無疑。你面對的可是蘇洛大盜。」

「上天保佑我……」

「牢房的鑰匙呢？」

「在……在那張桌子上，先生。」

蘇洛大盜拾起鑰匙，再次轉身面對獄卒，跑到他的身邊。

「躺下！」他喝令道，「面朝下，混蛋！」蘇洛大盜將被單撕成條狀，綁住獄卒的手腳，並且用布塞住他的嘴巴。

「想保住性命，」他接著說，「你得乖乖待在現在的位置，不准發出任何聲音，直到我們離開監獄一陣子後。一陣子是多久，你自己看著辦。」

然後，他匆匆回到主辦公室，向其他人招手示意，帶頭走過臭氣沖天的走廊。「哪一扇門？」他問守衛。

「第二扇，先生。」

他們趕緊跑到門邊，蘇洛大盜解開了鎖，將它打開。他強迫守衛將蠟燭舉高過頭。大盜從面罩下發出一聲悲憫的驚嘆。他看見老紳士站在窗邊，兩位女士蜷縮在長凳上，還看見了與他們一起在這悲慘之地共處一室的卑劣罪犯。

「希望上天饒恕總督！」他大叫。蘿莉塔受到驚嚇，抬頭一瞧，開心地叫了一聲。卡洛斯聽見此話，轉過身來。

「蘇洛大盜！」他倒抽一口氣。

「卡洛斯，我帶了一些朋友前來營救你們。」

「先生，萬萬不可。我不能夠逃離等著我的命運。讓你救我，也對我沒有好處。據我所知，我被指控窩藏你。如果你幫助我脫逃，這看起來會成什麼樣子？」
「沒有時間爭論了，」蘇洛大盜說，「這並不是我一個人的行動，有二十六個人和我一起。只要我們可以避免，就不會讓像你這樣血統高貴的男士，以及像你的家庭之中那麼纖弱的女士們，在這悲慘之地度過一整夜。紳士們！」
最後那句話是一個指令。兩名紳士衝向卡洛斯，迅速制伏他，半提拉著他進入走廊，走向辦公室。另外兩名抓住卡塔琳娜的手臂，盡量溫柔以待，將她帶走。
蘇洛大盜在小姐面前鞠了躬，伸出一隻手來，她高興地握住。
「小姐，你務必相信我。」他說。
「愛一個人就是要信任他，先生。」
「一切都安排好了，別問問題，照我說的做。來。」
他一隻手環抱著她，帶她離開牢房，留下大大敞開的房門。要是某些慘兮兮的囚犯們能夠突破重圍、逃出這裡，蘇洛大盜也不打算阻止。依他判斷，他們之中超過半數都是受到歧視或不公的對待才會在此。
卡洛斯正製造嚇人的噪音，大叫著他拒絕被救，要留下來在審判時面對總督，讓他看看他的膽識。卡塔琳娜出於害怕，發出一點嗚咽聲，但並未抵抗。
他們來到辦公室，蘇洛大盜命令守衛到一個角落，要他安安靜靜待在原地，直到他們走一陣子後。接著，其中一位紳士打開了大門。

外頭傳來一陣騷亂。兩名士兵帶著一個在酒館裡偷東西的傢伙靠近監獄，紳士的出現使他們停下了腳步。看了一眼這些戴著面罩的人，就足以告訴這些士兵，監獄出事了。

一名士兵開了槍，其中一位紳士則回開一槍，兩人都沒擊中目標。但是，槍擊聲已引起酒館裡的士兵以及要塞衛兵的注意。

要塞裡的士兵們立即醒來，代替了衛兵的崗位。後者上了馬、騎下山丘，前去確認深夜這場突如其來的騷動產生的原因。佩德羅・岡薩雷斯中士與其他人匆匆跑出酒館。蘇洛大盜和他的同伴在毫無預警下遭到阻止。

獄卒鼓起勇氣掙脫口塞和綁繩，從他的臥室窗口尖叫，說蘇洛大盜正在營救犯人。岡薩雷斯中士聽見他的叫聲，對手下大喊，要他們跟著他，一起贏得總督閣下的懸賞金。

不過，紳士們已經將三名救出的囚犯放上馬背，他們快馬加鞭衝過漸漸聚集的人群，騎過廣場、通向大道。

他們周遭飛過許多子彈，但沒人被射中。卡洛斯・普利多仍尖叫著不願被救；卡塔琳娜已經昏了過去，負責她的紳士非常感激，因爲這樣一來他就可以將注意力多放在馬匹和武器上。

蘇洛大盜騎馬衝刺，蘿莉塔在他身前、坐在馬鞍上。他騎著駿馬超越其他人，領頭前往大道。他騎上大道時，抬高馬匹，看著其他紳士策馬而來，確認是否有所傷亡。

「執行命令，各位紳士！」發現所有人都安全突破重圍之後，他喝令道。

於是，一行人分成三路：一路帶著卡洛斯通往百樂鎮的道路；一路取道通向亞歷山大莊園的大道；蘇洛大盜則策馬前往菲利普的家，沒有帶著任何同伴，蘿莉塔的雙臂緊緊抱著他的脖子，在他耳邊低語。

「我就知道你會跑來救我，先生。」她說，「我知道你是個真正的英雄，絕不會眼睜睜看著我和我的父母待在那個可怕的地方。」

蘇洛大盜沒有回答，因爲現在敵人緊追在後，並不適合聊天說話，不過他將小姐抱得更近一些。

他爬上了第一座山丘頂，停下馬來仔細聆聽追逐的聲音，看著身後的燈火遠遠地閃爍著。

此時，廣場上出現了許多燈光，每間屋子也都透出光芒，整個城鎮已被喚醒。要塞也是燈火通明，他可以聽見喇叭被吹響的聲音，知道每個可用的士兵都將被派來追殺他。

他耳邊傳來馬匹奔馳的聲音。士兵知道搭救囚犯的人往哪個方向騎，這場追逐將會十分迅猛、毫不間斷，因爲總督閣下就在這裡，提供優渥的賞金、以絕佳的職位和拔升爲承諾激勵手下。

但是，正當蘇洛大盜快馬騎下塵土飛揚的大道，蘿莉塔緊緊抱著他，強風吹過他的臉頰之時，有件事情使他十分高興——這場追逐將會被迫兵分三路。

他將小姐挨近他的懷中，踢著馬刺，加快速度衝過黑夜。

第三十二章　千鈞一髮

月亮從山丘上探出頭來。

如果事情能如他所願，蘇洛大盜會希望今晚的天空被雲霧籠罩、月亮朦朧不清，此時他正騎在地勢較高的道路，追逐者緊跟在後，可以清楚看見他在明亮夜空下的身影。

士兵所騎乘的馬匹都經過休養生息，而且閣下的護衛隊所擁有的馬兒大多十分優良，和全國上上下下的所有駿馬一樣迅捷，能夠以絕佳的速度奔馳好幾里。

但是現在，大盜心裡所想的，只有盡可能地發揮坐騎最快的速度，盡其所能拉開他和追逐者之間的距離；因爲，在完成這趟旅程前，他必須爭取一點時間，才能完成他打算做的事。

他彎下身子，憑著韁繩感覺馬兒，讓自己和坐騎幾乎合爲一體，就像所有的優秀騎士一樣。他騎上了另一座山丘頂，並在騎下山谷之前，回頭看了一眼。他已經可以看見最前面的追逐者了。

倘若蘇洛大盜單獨一人，這個情勢絕對不會對他造成任何不安，因爲他曾多次碰過更加艱難的困境，並且順利脫逃。然而，現在他的馬鞍上有一位小姐，而他必須將她帶到安全之地。這不只是因爲她是他所愛的女人，也因爲他不允許自己所救的人再度被抓回去。他認爲這種事能展現出他的技能與膽識。

他騎過一英里又一英里的路，小姐緊緊抓著他，兩人都沒開口說話。蘇洛大盜知道自己已經拉開一些距離，但仍不夠應付他的需求。

此時，他更加催促著馬匹前進，在塵土飛揚的大道上飛奔向前，經過有著獵犬因受驚而狂吠的莊園，經過許多土著的小屋，達達的馬蹄聲讓這些皮膚黝黑的土著嚇得跌落床下，衝到門口查看。

還有一次，他衝過一群羊，牠們正被趕往洛杉磯鎮的市集。他將羊群驅散到路的兩旁，留下牧羊人在身後不停咒罵。牧羊人將羊群再次聚攏，恰好又再一次被追逐的士兵給驅散開來。

他馬不停蹄地騎著，直到看見遠方的聖蓋博傳教站在月光下發出光芒。他來到交叉路口，取道右邊小徑，前往菲利普修士的莊園。

蘇洛大盜很識人心，他相信他今晚的判斷無誤。蘇洛大盜決心保護小姐的名譽，所以他知道蘿莉塔會被留在有女性或是方濟會修士所在之地，受到完善的照護。他將信任放在老菲利普的身上。

現在，馬匹來到較爲鬆軟的地面，速度沒辦法像先前那麼快了。要是沒有月光，而士兵無法看清視線和所追逐的對象，他們很可能會在叉路口取道往聖蓋博。但是因爲月光的緣故，蘇洛大盜幾乎沒有把握他們會這麼做。他離菲利普的莊園只剩一英里了，他再次用馬刺踢了踢馬兒，試圖加快速度。

「小姐，時間可能不太夠，」他彎下腰，在她耳邊說話，「一切都取決於我對一個人是否做出了正確的判斷。只請你一定要相信我。」

「你知道我是相信你的，先生。」

「你也務必信任我帶你去見的那個人，小姐，並且聽從他對這場冒險有關的建議。那個人是位修士。」

「既然如此，一切都沒問題的，先生。」她回答，緊緊抓著他。

「如果聖人保佑，我們應當很快就會再見，小姐。我會細數每分每秒，度時如年。我相信前方將會有幸福的日子等著我們。」

「但願上天讓它成眞。」她悄聲說。

「有愛的地方就有希望，小姐。」

「那麼我的希望絕對強大，先生。」

「我的也是。」他說。

他將馬兒轉向了菲利普的私人車道，衝向房子。他打算暫停此地，將女孩留下，希望菲利普保護她，然後繼續騎馬，製造許多聲響，引導士兵追他。他希望讓他們以爲他只是抄菲利普的土地作捷徑，並未在房子前停留。

他在外廊的門階前勒住馬，跳到地上，將小姐從馬鞍上抱下來，匆匆跑到門口。他用拳頭捶打著門，希望菲利普是個容易被吵醒的淺眠之人。遠方傳來低悶的隆隆聲響，他知道是追逐者的馬蹄聲。

蘇洛大盜感覺彷彿過了一個世紀，老修士才打開門，站在門口，手裡拿著蠟燭。大盜馬上鑽了進去，在身後關上了門，好讓外面看不見燭光。菲利普看見這位戴著面罩的男人和他所護送而來的女子，驚訝地倒退一步。

「修士，我是蘇洛大盜。」大盜快速而低聲地說，「你或許覺得欠了我一點恩情？」

「你懲罰了那些迫害、傷害我的人，我欠了你很大的恩情，紳士，雖說支持任何暴力行為不符我的原則。」菲利普回答他。

「我就知道我沒有看錯你，」蘇洛大盜繼續說，「這位小姐是蘿莉塔，卡洛斯・普利多的獨生女。」

「哈！」

「如你所知，卡洛斯是修士的朋友，和他們一樣遭受壓迫與迫害。今天，總督來到洛杉磯鎮，下令逮捕卡洛斯，將他關進監牢裡，罪名無憑無據；我剛好耳聞這件事。他也將卡塔琳娜和這位小姐關進大牢，與酒鬼和放蕩女子關在一起。我在一些好朋友的幫助之下救出了他們。」

「但願上天佑你，先生，爲你做的善意之舉！」菲利浦叫道。

「士兵們正在追我，修士。當然，這位小姐不能再繼續和我一起騎得更遠。你是否能藏好她？除非你怕這麼做會引來重大麻煩。」

「先生！」菲利普吼道。

「如果士兵帶走了她，會再將她關進牢中，她或許會遭受傷害。請照料她、保護她，這樣一來你就算回報我了，不再虧欠我任何恩情。」

「那你呢，先生？」

「我要繼續騎，這樣士兵們會繼續追我，不會停在你的房子。我之後會與你聯繫。就這麼說好了？」

「就這麼說好了。」菲利普嚴肅地回答，「讓我和你握握手，先生。」

雖然只是短暫握了手，此舉卻意味深長。蘇洛大盜轉身走向大門。

「吹熄蠟燭，」他吩咐道，「我開門時，他們不能看見任何燈光。」

菲利普馬上照做了，他們陷入一片黑暗。蘿莉塔感覺到蘇洛大盜的嘴唇輕碰了她的嘴一下，知道他掀起了面罩親吻了她。接著，她感覺菲利普強壯的手臂環繞著她。

「女孩，勇敢一點。」他說，「在我看來，蘇洛大盜就像九命怪貓，我有預感他不會被閣下的士兵所殺。」

大盜聽到此話，輕輕笑了一聲，接著打開了門，衝了出去，將門輕輕帶上，就這麼消失了。

屋子前方有許多巨大的尤加利樹爲房子遮蔭，蘇洛大盜的馬匹就在陰影之中。他跑向馬兒，發現士兵們正騎在車道上，比他預想的還要靠近許多。

他快步跑向他的坐騎，絆到一顆石頭跌倒了，馬兒受到驚嚇，後腳站立起來，向後退了幾步，暴露在月光下。

最前方的追逐者看見馬匹，大叫一聲，直衝過來。蘇洛大盜爬了起來，一躍向前，抓住地上的韁繩，跳上馬鞍。

但是，他們已經追上了他，將他包圍，劍身在月光下發出光芒。他聽見了岡薩雷斯中士命令手下的如雷吼聲。

「可以的話活捉他，士兵們！閣下想要看看這個混帳爲了他的滔天大罪受苦。快去抓他，士兵！我的老天！」

蘇洛大盜奮力躲開一擊，掉下馬來。他努力跑回陰影中，士兵追趕在後。他抵著一棵樹的樹幹，與士兵作戰。

其中三名跳下馬鞍，朝他衝來。他從一棵樹跑到另一棵，無法靠近他的馬兒。不過，跳下馬的士兵中有一匹馬很接近他，他跳上了馬鞍，衝下斜坡，騎往穀倉和馬欄。

「追上那個混帳！」他聽見岡薩雷斯中士叫道，「如果現在讓他逃走了，總督閣下會活生生剝了我們的皮！」

他們追趕著他，渴望獲得晉升和賞金。但是蘇洛大盜比他們先開始騎馬，所以能夠耍點把戲。他騎到一個大穀倉的陰影底下，滑下馬鞍，同時刺了一下這匹馬。牠往前衝去，又疼又驚地噴著鼻息，快速奔出陰影，往下方馬欄而去。士兵衝刺而過，跑去追牠。

蘇洛大盜等到他們通過之後，快速跑上山丘。可是，他看見有些士兵被留在那裡看守房子，顯然打算稍後進行搜索，所以他沒辦法靠近他的馬兒。

空中傳來一聲奇異的呼喊，半似呻吟、半似尖叫，就和蘇洛大盜在卡洛斯．普利多的莊園嚇到許多人的聲音一樣。他的馬兒抬起頭來，輕聲嘶叫以回應他，然後奔向他的身邊。

蘇洛大盜立刻爬上馬鞍，直接衝過面前一片土地。馬兒越過石欄，彷彿沒有受到任何阻礙。一部分的士兵們快速追上。

他們已經發現他所使用的伎倆。他們從兩個方向追上去，在他身後會合，不斷追趕，竭盡全力縮短距離。他可以聽見佩德羅・岡薩雷斯中士強而有力的吼叫，以總督之名要他們將他抓住。

他希望他已經將他們全數引開菲利普的房子，但他不能肯定。現在最要注意的，是他自己如何脫逃。

他毫不留情地催著馬匹，知道穿越犁過的田地將會耗損馬兒的力氣。他想騎在硬實的路上、寬闊的大道。

終於，他騎到後者了。他將馬匹轉向洛杉磯鎮，因爲他有事要完成。在他面前已經沒有小姐了，馬兒也感受得到這個差異。

蘇洛大盜往後一瞧，高興地發現他離士兵越來越遠了。翻越下一個山丘，他就能逃離他們！

不過，他當然也得要小心謹慎，因爲前方也有可能會有追兵。總督閣下有可能派更多兵力前去幫助岡薩雷斯中士，或者派人在山丘上看守。

他望向天空，發現月亮就要消失在一團雲後。他知道他必須好好利用這短時間的黑暗。

他騎下小山谷，向後一看，發現追逐者才剛到山丘頂上。就在這個絕妙的好時機，黑暗降臨了。蘇洛大盜此時已領先追逐的士兵半英里，但是他不想要他們追他到鎮上。

他在附近有朋友。大道旁邊有間泥磚小屋，住著一位蘇洛大盜曾經拯救、使他免於毒打的土著。他在屋前下了馬，踢了門幾下。嚇壞了的土著把門打開。

「有人在追我。」蘇洛大盜說。

似乎只要這句話就夠了，土著立刻將門大大打開。蘇洛大盜帶著馬兒走了進去，幾乎擠滿這間簡陋的屋子。門立刻就被關上了。

門後，大盜和土著站著傾聽外面的動靜，前者一手拿著槍、一手握著劍。

第三十三章　戰鬥與追殺

這場追逐從監獄開始就持續不懈、目標鎖定在蘇洛大盜及其紳士同伴身上，之所以這麼快就付諸行動，全是由於佩德羅・岡薩雷斯中士。

岡薩雷斯中士聽見槍聲、衝出酒館，其他士兵跟在後頭。他很高興找到藉口，可以不用付酒錢就離開。他聽見了獄卒的叫聲，知道發生了什麼事，並且馬上掌握整個形勢。

「蘇洛大盜在救犯人！」他叫道，「大盜又現身了！士兵快快上馬，去追他！有賞金……。」

他們全都知道懸賞金的事，尤其是總督護衛隊的成員。他們聽見閣下氣沖沖地說起這個大盜，並說他要讓抓到他或帶回他屍首的士兵升上校。

他們跑去找馬，跳上馬鞍，衝過廣場、前往監獄，岡薩雷斯中士緊跟在後。

他們看見那些戴著面罩的紳士騎過廣場，岡薩雷斯中士用手背揉揉眼睛，輕聲咒罵一句，責怪自己一定是喝了太多酒了。他已經說過好多次有關蘇洛大盜集結同黨的謊言，還以爲這群人是他的謊言成眞了。

這群紳士兵分三路時，岡薩雷斯中士和他的士兵十分靠近他們，所以有看見這個舉動。岡薩雷斯馬上將人馬分成三隊，一隊跟著他，另外兩隊跟著其他兩路紳士。

他看見這群紳士的領袖取道聖蓋博，並認出了大盜所騎的駿馬做出的跳躍動作，便追在蘇洛大盜後。他的內心狂喜不已，一心一意想要捕捉或殺了這個大盜，而非抓回獲救的犯人。佩德羅．岡薩雷斯中士可沒忘記蘇洛大盜那次在洛杉磯鎮的酒館裡耍了他的事情，他也從未放棄復仇。

他之前曾看過蘇洛大盜的馬匹奔跑，因此這時覺得有些納悶，爲何大盜沒有拉遠他和追逐者之間的距離。岡薩雷斯中士猜到了原因：蘇洛大盜身前的馬鞍上坐著蘿莉塔．普利多，他要將她帶走。

岡薩雷斯領先在前，並時不時回頭喝令、鼓勵他的士兵。他們一英里接著一英里飛奔而過，岡薩雷斯很高興沒把蘇洛大盜給追丟。

「往菲利普的家！他朝那裡去了！」岡薩雷斯告訴自己：「我就知道那個老修士和那匪徒一夥！之前我到他的莊園追尋蘇洛大盜時，他不知怎地擺了我一道。說不定這個大盜在那裡有個賊窟。哈！我的老天，我不會再被他耍了！」

他們一直騎、一直騎，偶爾瞥見他們的追逐目標，岡薩雷斯和他的手下滿腦子只有抓到蘇洛大盜會獲得的賞金和晉升。他們的馬開始顯露疲態，但是他們繼續催趕馬兒。

他們看見蘇洛大盜轉進通往菲利普房子的車道上；岡薩雷斯中士低聲笑了一下，覺得自己果然沒猜錯。

他就要抓住大盜了！如果蘇洛大盜繼續騎，皎潔的月光將會讓他被敵人看見；如果他停下來，他也沒有希望成功打倒由岡薩雷斯帶頭的十幾個士兵。

他們衝到屋前，開始包圍房子。他們看見了蘇洛大盜的馬。接著，他們看見大盜本人，岡薩雷斯咒罵一聲，因爲數名士兵擋在他和他的獵物之間，拔劍指著他，在岡薩雷斯到達前，一切恐怕就要結束。

他試著將他的馬匹擠進戰鬥之中。然後，蘇洛大盜跳上馬鞍跑走了，士兵們緊追在後。岡薩雷斯並未追上，他要應付另外一項任務——他吩咐一些士兵包圍房子，不准讓任何人離開它。

接著，他看見蘇洛大盜跳過了石欄，開始追他，除了包圍房子以外的士兵，其他全都跟他一起追了過去。但，岡薩雷斯中士只追到第一座山丘頂。他注意到大盜的馬匹奔跑的樣子，知道他不可能追上。或許他可以返回菲利普的房子，抓回那位小姐，獲得一些榮譽和獎賞。

當他在屋前下馬時，士兵仍包圍著那棟房子，他的手下報告，沒有人企圖離開這棟建築物。他將兩名手下叫來身邊，接著敲了敲門。菲利普幾乎是瞬間打開了門。

「你剛從床上起來嗎？」岡薩雷斯問他。

「這個時間難道不是老實人該上床睡覺的時候？」菲利普反問他。

「是沒錯，修士，但你卻起床了。你怎麼都沒有從房子裡出來？我們發出的聲音沒有吵醒你嗎？」

「我聽見了打架的聲音……」

「如果你不立刻回答我的問題，你還會聽見更多這種聲音，或者再嚐嚐鞭子的滋味。你否認蘇洛大盜剛剛就在這裡嗎？」

「我不否認。」

「哈！終於從實招來了。所以，你也承認你和這個大盜是一夥的，有事就會藏匿他？你承認嗎？」

「我不承認有這種事。」菲利普回答，「就我所知，幾分鐘前我才首次看見蘇洛大盜。」

「這個說法倒是有幾分可能性。不過，你可以告訴沒腦袋的土著，可別告訴聰明的士兵。蘇洛大盜想要幹嘛？」

「先生，你們離他實在太近，他根本沒時間幹嘛。」菲利普說。

「但是你總有和他說上話吧？」

「先生，他敲門時我打開了，如同你敲門時我打開門一樣。」

「他說了什麼？」

「士兵在追他。」

「然後他要你藏匿他，好躲過我們的追捕？」

「沒有。」

「他是想要一匹新馬？」

「先生，他沒有這麼說。要是他真的是謠言所說的那種小偷，他想要馬，不用問就可以直接帶走一匹。」

「哈！那麼他究竟跟你做了什麼勾當？你最好是從實招來。」

「我有說他和我做了什麼勾當嗎？」

「哈！我的老天……」

「你最好是不要將老天爺掛在嘴邊，吹牛大王、酒鬼！」

「你想再被痛打一頓嗎？我可是在辦總督閣下交代的事情，不要拖延我的時間！大盜究竟說了什麼？」

「沒什麼我可以隨意洩露給你的，先生。」菲利普說。

岡薩雷斯中士將他粗魯地推到一邊去，進了客廳，兩名士兵尾隨在後。

「點亮燭台，」岡薩雷斯命令手下，「找得到蠟燭的話，拿著幾根，然後搜這間屋子。」

「你要搜索我家？」菲利普大叫，「你認爲會找到什麼？」菲利普問他。

「我認爲會找到蘇洛大盜留在這裡的一件東西。」

「你想他留下了什麼？」

「哈！我想，是一包衣物！一堆贓物！一瓶美酒！一副待修的馬鞍！那個傢伙會留下什麼？有件事我很好奇，蘇洛大盜來到你的房子時，他的馬上載著兩個人，但是離開時卻只載著蘇洛大盜一個人。」

「所以你覺得會找到……」

「馬匹所載的另一個人。」岡薩雷斯回答，「要是找不著，我們就扭斷你的手臂，看看你說不說實話。」

「你敢？你敢這樣冒犯一個修士？你的人格要墮落到使用酷刑？」

「該死的肉泥和羊奶！」岡薩雷斯中士說，「你曾經不知怎地要我一次，但你這次不能再要我了。士兵們，搜這間屋子，給我好好地搜。我要留在客廳，陪陪這位逗趣的修士。我要好好看看，他因欺詐而受鞭刑之時，內心是什麼樣的感受。」

「懦夫、野人！」菲利普怒吼，「總有一天，迫害會停止的。」

「他媽的肉泥和羊奶！」

「總有一天這個混世將會結束，正直之人將會被公平對待！」菲利普叫道，「那些一手建立這個富饒王國的人，將會因爲他們的辛勞和勇敢獲得甜美的果實，而非讓不公正的政客和迎合他們的傢伙偷走它們！」

「該死的肉泥和羊奶！」

「到時候，這裡將有一千個蘇洛大盜，甚至更多，騎著馬匹沿著皇家大道，懲罰那些作惡之人！有時候我眞希望自己不是一個修士，這樣我也可以參與這場遊戲！」

「我們很快就會把你打倒，將你給吊起來。」岡薩雷斯中士告訴他，「要是你願意幫助總督閣下的士兵，說不定總督閣下會更加善待你。」

「我絕不會幫助你們這些龜孫子！」菲利普說。

「哈！你動怒了，這可違反你的原則喔！你們這些穿著長袍的修士，不都逆來順受，無論事情多麼令人難以下嚥？回答我啊，氣呼呼的修士。」

「你對方濟會修士之原則和職責的了解，就像你對坐騎的了解一樣，少得可憐。」

「我的坐騎十分聰明、相當高貴。我叫喚牠，牠就過來；我命令牠，牠就疾馳。沒騎過牠，就別笑牠。哈！眞好笑！」

「傻啊！」

「天殺的肉泥和羊奶咧！」岡薩雷斯中士說。

第三十四章　普利多家族的勇氣

那兩名士兵回到了客廳。他們向他報告，整間房子都已好好搜過一遍，每個角落都尋遍了，但是沒有發現任何外人的蛛絲馬跡，除了菲利普修士的僕人之外。他們全都嚇得不敢不說實話，並說他們沒有看見任何不屬於這裡的人。

「哈！藏得可眞好！」岡薩雷斯說，「修士，客廳角落那是什麼東西？」

「一堆獸皮。」菲利普回答他。

「我剛剛一直在注意那堆東西。聖蓋博的獸皮商人說，從你這兒買來的獸皮並未受到妥善的保存，我看他所言不假。就是這些嗎？」

「沒錯。」

「那麼，它們怎麼會動呢？」岡薩雷斯中士問，「我看見角落裡的那堆毛皮動了三次。士兵，給我搜！」

菲利普跳了起來。

「停止這種胡言亂語，」他叫道，「你已經搜過屋子，並且什麼也沒發現。去搜穀倉，搜完就走！至少讓我能夠在自己的房子裡作主。你已經打擾我的休息打擾很久了。」

「那麼，你就發個重誓，發誓那堆獸皮後頭沒有任何活物？」菲利普遲疑了，岡薩雷斯中士笑了。「沒準備好要發僞誓，是吧？」中士問，「我就知道你會對此有所遲疑，穿長袍的方濟會修士。士兵，給我搜那堆獸皮。」

那兩個人邁步走向角落。但是他們連一半的距離都還沒走到，蘿莉塔・普利多就從那堆獸皮後面站了起來，面對他們。

「哈！總算找到了！」岡薩雷斯叫道，「這位就是蘇洛大盜留給這修士保管的東西！還是一件漂亮可人的東西！把她抓回大牢，她的脫逃只會讓最終判決更嚴厲！」

但是，這位小姐的血管裡，流著的可是普利多家族的血，岡薩雷斯可沒將這一點考慮進去。此時，蘿莉塔踏出獸皮堆，燭台的燈光打在她的身上。

「等一下，先生們。」她說。

她從背後秀出手來，手裡拿著一把又長又利的剝羊皮刀。她將刀尖頂在胸前，勇敢地看著他們。

「先生們，我蘿莉塔・普利多絕不會回到那間惡臭的監獄，不論現在或是任何時候。」她說，「我寧願將這把刀刺進胸口，以一個血統良好的女人應該做的那樣，有尊嚴地死去。倘若閣下想要一個已死的囚犯，我會讓他如願以償。」

岡薩雷斯中士發出一聲惱怒的驚嘆。他很確定，如果士兵試圖抓住她，她將做出她所威脅的事情。若是面對一個平常的罪犯，他或許會下令抓她；但是如果現在他這麼做，他可就不確定總督是否會說他做對了。畢竟，蘿莉塔是紳士之女，她的自殺恐怕會給閣下帶來麻煩。這件事情可能會引發大動亂。

「小姐，自殺者會永遠困在地獄中。」中士說，「你可以問問這位修士是否如此。你只是被逮捕，尚未受到判決。倘若你是無辜的，很快就會恢復自由之身。」

「先生，我沒時間聽你扯謊。」女孩回答，「我太清楚這個情勢了。我剛剛說了我絕不會回去監獄，而且我是認眞的——現在也是認眞的。只要靠近我一步，我就會自盡。」

「小姐……」菲利普張口說。

「好修士，你想阻止我是沒有用的。」她打斷他，「感謝老天，我還有尊嚴。如果總督閣下想抓住我，也只會抓到我的屍首。」

「這位美人還眞是頑固，」岡薩雷斯中士叫道，「我猜，我們只能退開，放這位小姐自由了。」

「啊！不不不，先生！」她很快地回答，「你很聰明，但還不夠聰明。你要退開，然後繼續讓手下包圍這間房子？你想找機會抓住我？」

岡薩雷斯低吼一聲，因爲那正是他的意圖，而這女孩猜中了。

「我才是要離開的人，」她說，「往後退，背對牆壁，先生們。立刻照做，不然我就把刀刺進胸口。」

他們只好照做。士兵們看著中士，希望尋求進一步的指示。中士害怕蘿莉塔會自殺，因爲他知道總督的氣會出在他的頭上，總督會說是他搞砸這一切的。

不過，讓這女孩離開這裡或許會比較好。他們可以之後再抓住她，一個女孩肯定逃不過部隊的手掌心。

她衝過客廳，來到大門口，一直緊緊盯著他們，刀還頂在她的胸前。

「菲利普，你要不要跟我走？」她問，「如果你留下來，可能會被懲罰。」

「小姐，但我一定要留下來。我不能逃跑。願聖人保佑你！」

她再次面向中士和士兵們。

「我要走出這扇門了，」她說，「你們待在這裡。當然，外頭有很多士兵，他們會想阻止我。我會告訴他們，是你允許我離開的。如果他們喊出聲來問你，你得跟他們這樣說。」

「如果我不這麼說呢？」

「那我就會用刀，先生。」

她打開門，轉頭看了外面一眼。

「中士，我相信你的馬兒是匹好馬，我打算騎牠。」她告訴中士。

她突然衝出門，將門在身後甩上。

「去追她！」岡薩雷斯大叫，「我看穿了她！她不會用刀，她害怕！」

他撲上前，兩名士兵跟在後面。但是，菲利普已經沉默夠久了。此時，他做出了行動——他沒有停下來去想後果。他伸出一隻腳，絆倒岡薩雷斯中士。兩名士兵撞到他，一起在地上跌成一團。

菲利普替小姐爭取到一些時間，這樣就夠了。小姐已經衝到馬兒身旁，跳上馬鞍。她的騎術和士著一樣好。她的小腳搆不到中士的腳蹬，但她不管了。

她將馬頭轉向，一個士兵衝到馬兒的旁邊，被她踢了一腳。一顆子彈飛過她的腦袋。她彎下腰來，靠近馬脖子，不停騎著。

現在，岡薩雷斯中士一邊在外廊上罵著髒話，一邊對著手下大吼，要他們騎馬去追她。此時月亮再次隱沒在雲的後方。使他們無法看出蘿莉塔騎往哪個方向，只能藉由馬蹄聲辨別。但他們必須停下馬才能聽得見——而只要牠們停下腳步，就會喪失時間和距離。

第三十五章　再度鬥劍

蘇洛大盜像個雕像般，站在土著的小屋裡，一手抓著馬的口套。那名土著蹲在他的身旁。

大道上傳來隆隆的馬蹄聲。接著，追逐者呼嘯而過，在黑夜中互相呼喊、咒罵，然後衝下了山谷。

蘇洛大盜打開門，往外瞧，仔細聽了一下，接著牽出馬兒。他拿了一枚金幣給那名土著。

「我不能收你的錢，先生。」土著說。

「收下。你需要錢，而我不需要。」大盜說。

他跳上馬鞍，將馬兒轉向，騎上小屋後方的陡峭山坡。馬兒往山頂爬，幾乎沒發半點聲響。蘇洛大盜騎下山丘另一邊的凹陷地帶，來到一條窄路，以小跑的速度沿著這條路騎，偶爾停下馬來，注意聽是否有別人騎馬的聲音。

他往洛杉磯鎮的方向騎，但似乎不趕著要抵達鎮上。蘇洛大盜在今晚還有另一項冒險計畫，必須在特定時間和特定情況下做到。

兩個小時之後，他來到城鎮上方的那座小丘頂。他在馬鞍上靜靜坐了一會兒，看著鎮上。月亮時而探頭、時而躲起，但他可以時不時地看出廣場的輪廓。

他沒看見任何士兵，也沒聽見任何聲音，判斷他們已經騎回來了，而那些被派去追逐卡洛斯和卡塔琳娜的士兵則還沒回來。酒館裡仍有光，要塞以及閣下作客的宅邸也是。

蘇洛大盜等到四周再度暗了下來，接著策馬慢慢向前，但並未走在大道上。他繞著城鎮而行，很快地便從後方接近要塞。

現在他下了馬，領著馬兒慢慢向前，常常停下腳步，聽著周遭動靜，因爲他所要做的這件事情相當棘手，一個疏失就可能釀成大災。

他將馬兒放在要塞後面，如果月亮再次從雲後面探出頭來，建築物的牆壁會投下一道陰影，將牠遮掩。接著，他小心翼翼地向前，像另一晚那樣，沿著牆壁而走。

他來到辦公室的窗前，往內窺探。雷蒙上校獨自一人在裡面，檢視著一些散落在桌子上的報告，顯然是在等待部下歸來。

蘇洛大盜謹慎小心地走到建築物的牆角，發現門口並無守衛。他先前就猜測（並且希望）司令官已派出所有可用的屬下，但他知道他必須快速行動，因爲士兵們很可能會回來。

他溜進大門，穿過會客大廳，來到辦公室門口。他的手槍拿在手中，倘若有人可以看穿面罩，便會發現，蘇洛大盜的嘴唇現在皺成了一條細直線，充滿堅決之情。

如同另一個造訪他的晚上那樣，雷蒙上校聽見開門聲時，將椅子轉了過來，再次看見蘇洛大盜的雙眼，正透過面罩炯炯有神地看著他，而他也看見了槍口正對著他。

「不准動，也不准出聲，不然我很樂意讓你的身體遍布彈孔。」蘇洛大盜說，「你一個人在這兒，而那些愚蠢的手下全跑去我不在的地方追我了。」

「我的老天……」雷蒙上校喘著氣說。

「先生，如果你還想活命的話，輕聲低喃也不行。轉身背對我。」

「你要謀殺我？」

「我不是那種人，司令官。還有，我說不准說話。把手放在背後，我要綑住你手腕。」

雷蒙上校照做了。蘇洛大盜快速走上前，使用自己的腰帶綁住他的手腕。接著，他將雷蒙上校轉過來，面對他。

「閣下在哪？」他問。

「他在胡安・埃斯達多紳士的家中。」

「我早就知道了，只是想要看看你今晚願不願意說實話。願意的話就好了。我們要去見總督。」

「去見……」

「見總督，我說了。不要再多問。跟我走。」

他抓著雷蒙上校的手臂，催促他走出辦公室、穿過會客廳、來到門外。他領著他繞著建築物走，來到馬兒等待的地方。

「上去！」他喝令道，「我會坐在你後面，槍口抵住你的腦袋瓜。不准做錯一個動作，司令官，除非你不想活了。今天晚上，我可是很堅決的。」

雷蒙上校乖乖照做。他遵照指令上了馬，大盜則在他的身後上馬，一手拿著轡繩、一手拿著手槍。雷蒙上校感覺後腦勺有一塊冰冷的金屬。

蘇洛大盜用膝蓋引導他的馬，而非轡繩。他使馬兒騎下山坡，再次繞著城鎮而行，遠離足跡眾多的小路，接近閣下作客的宅邸屋後。

這項冒險的困難之處就在這裡。他希望將雷蒙上校帶到總督面前，和他們兩人說話，並且不要有人干擾。他叫上校下馬，帶他到屋子的後牆邊。屋後有個中庭，於是他們走了進去。

蘇洛大盜似乎對屋子內部的格局十分了解。他從一位僕人的房間走進屋內，帶著雷蒙上校通過，並在沒有吵醒那名土著的情況下，進入一條走廊。他們沿著走廊慢慢地走。其中一個房間傳來了打鼾聲；另一個房間的門縫則流瀉出燈光來。

蘇洛大盜在那扇門前停下來，一隻眼睛貼近門的邊縫。就算雷蒙上校有任何大叫或者打鬥的念頭，也都因爲那枝抵在後腦勺的槍，而把它們全都忘光光了。

再者，他也沒什麼時間想辦法脫離困境，因爲蘇洛大盜突然打開門，將雷蒙上校推了進去，自己跟在後面，並將門在身後快速關上。總督閣下和屋主就在房裡。

「不要說話，也不要動。」蘇洛大盜說，「只要發出一點點聲音，我就開槍打死總督。明白嗎？很好，先生們。」

「蘇洛大盜！」總督倒抽了一口氣。

「你也一樣，總督閣下。我請你的東道主不要驚嚇，只要他乖乖坐著，等我把事情辦完，我就不會傷害他。雷蒙上校，請你坐到總督對面。我很高興我們的政府首長還醒著，等待那些追我的人帶來任何消息。他的腦袋還清醒著，可以明白接下來要說的事。」

「這場暴行是做什麼？」總督叫道，「雷蒙上校，怎麼回事？抓住他啊，你可是一名軍官……」

「別怪司令官了，」蘇洛大盜說，「因爲他知道，只要一個動作，他就必死無疑。有點小事需要說清楚、講明白，但由於我不能像一般人那樣大白天來找你，只好被迫採用這種手段。先生們，自在一點，別緊張。這件事可能要花上一點時間。」

閣下在椅子上十分坐立不安。

「總督閣下，你今天侮辱了一個血統良好的家庭。」蘇洛大盜繼續說，「你把禮儀全給拋諸腦後，下令將一位貴族紳士及其纖弱的妻子和純眞的女兒一同關進那卑賤的監獄之中。爲了滿足你的壞心，竟然用這種手段……」

「他們是叛國賊！」閣下說。

「他們做了何等叛國之事？」

「你是一個被政府懸賞人頭的反叛者，他們因爲庇護你、協助你，因而有罪。」

「這些事你是從哪裡聽來的？」

「雷蒙上校有非常多的證據。」

「哈！司令官是吧？我們等著看！雷蒙上校在場，我們可以找出眞相！我可以問問你的證據是什麼嗎？」

「你曾經出現在普利多的莊園。」總督說。

「這我承認。」

「一名士著看見你，於是傳話到要塞。士兵趕緊出發要去抓你。」

「等一等。誰說有一名士著發出警報？」

「雷蒙上校這麼跟我說的。」

「上校第一個說實話的機會來了。司令官，卡洛斯．普利多其實就是那個派土著去傳話的人不是嗎？從實招來！」

「傳話的是一名土著。」

「他沒有告訴中士是卡洛斯派他來的？他不是說，是卡洛斯帶著他昏過去的妻子到房間時，偷偷告訴他這個消息的？卡洛斯盡可能將我留在莊園，好等士兵過來抓我，這個說法沒有錯吧？卡洛斯不就藉此試著展現對總督的忠誠？」

「我的老天，雷蒙，你從來沒告訴我這些事！」閣下大叫。

「他們是叛國賊！」上校執拗地說。

「還有什麼證據？」蘇洛大盜問道。

「士兵抵達時，你耍了花招躲了起來。」總督說，「不久後，雷蒙上校到了現場，當他在那裡時，你偷偷走出櫥櫃，從背後偷襲，將他刺傷，然後逃走。顯然是卡洛斯將你藏在櫥櫃的。」

「我的老天！」蘇洛大盜大罵，「雷蒙上校，我還以爲你至少是個能承認失敗的男人，雖然我知道你在某方面是個混帳。從實招來！」

「那就是……實話。」

「給我從實招來！」蘇洛大盜喝令，走近他一步，並拿起手槍。「我從那個櫥櫃走了出來，和你說話。我給你時間拔出劍、做好準備。我們鬥了整整十分鐘劍，不是嗎？

「我可以老實說，有一瞬間你有些難對付，不過接著我就看穿你的作戰方式，知道你已在我擺佈之下。然後，我本可輕易殺了你，但我只是劃傷了你的肩膀。這不是實話嗎？想要活命的話，就回答我！」

雷蒙上校舔了舔他的乾嘴唇，無法直視總督的眼睛。

「回答！」蘇洛大盜震怒地說。

「這是……實話。」上校承認。

「哈！所以，我從背後偷襲你，是吧？將我的劍刺進你的身體，對它來說才是一種侮辱。總督閣下，你看看你的司令官是哪種人。還有其他證據？」

「還有，」總督說，「普利多家族到迪亞哥・維加的家中作客，而迪亞哥出遠門時，雷蒙上校前去問候他們，卻發現你和小姐單獨在一起。」

「那又表示什麼？」

「表示你和普利多家族是一夥的；表示他們就連在迪亞哥這個忠誠之人的家中，也包庇你。然後，上校發現你在那裡，小姐撲上去抓住他——或是說，拖住他，讓你能從窗戶脫逃。這個證據還不夠嗎？」

蘇洛大盜彎下腰來，眼神冒著熊熊火光，似乎就要燒穿面罩，燃到雷蒙上校的雙眼。

「所以，這就是他編的故事？」大盜說，「事實上，雷蒙上校十分迷戀那位小姐。他跑到那間宅邸，發現她獨自一人，硬要向她求愛，甚至告訴她她不應拒絕，因爲她的父親不受總督喜愛。他企圖親她，而她叫出聲。我不過是回應她的求救。」

「那你怎麼會碰巧在那裡？」

「我不想要回答這個，但我可以發誓，小姐並不知道我在那裡。她求救，我搭救，如此而已。

「我叫這位你所謂的司令官跪在她的面前，向她道歉。然後，我把他帶到大門口，踹到地上！之後，我到要塞拜訪他，告訴他，他侮辱了一位高貴的小姐……」

「看樣子，你也對她有愛意。」總督說。

「是的，閣下，我非常驕傲這麼說。」

「哈！你的這句話等於是宣判她和她的父母有罪！你現在還否認他們和你一夥？」

「沒錯，我否認！她的父母不曉得我們之間的情愫。」

「這位小姐還眞是離經叛道呀。」

「先生！無論你是不是總督，只要再說出這種話，我就要你見血。」蘇洛大盜叫道，「我已經告訴你那天晚上在迪亞哥·維加的家中發生了什麼事。雷蒙上校可以證實我所言不假。不是嗎，司令官？快回答！」

「這……這是實話。」上校吸了一口氣，盯著大盜的手槍。

「這麼一來，你對我說謊，不准再當我的軍官了！」總督大叫，「看起來，這位大盜好像是高興怎麼對你，就能怎麼對你。哈！但是，我還是認爲卡洛斯・普利多是個叛徒，他的家人也是。蘇洛大盜，不管你現在做什麼，都無濟於事。

「我的士兵將會繼續追捕他們，還有你！在他們被抓到之前，我就會讓普利多一家人被拖行在塵土中，並且用繩子拖著你的屍首！」

「此話眞是大膽，」蘇洛大盜說，「閣下，你讓你的手下去做一件不容易的任務。今天晚上，我救出三名囚犯來，他們全逃走了。」

「他們會被重新抓回來的。」

「時間會證明一切。現在，我還要做一件事情。閣下，請你帶著椅子到遙遠的角落去，坐在那裡，這位屋主也請坐在你旁邊。你們不要亂動，待我完成此事。」

「你想幹什麼？」

「照我說的去做。」蘇洛大盜叫道，「我沒時間爭論，就算你是個總督也一樣。」

他看著兩張椅子被擺到角落，總督和屋主坐了下來。接著，他走近雷蒙上校。

「司令官，你侮辱了一位純潔又無邪的女孩，」他說，「你得爲此和我戰鬥。你的傷肩已經痊癒，而且你也帶著長劍。像你這種人，沒資格繼續呼吸上帝潔淨無瑕的空氣。這個國家沒有你會更好。站起來，先生，當心了！」

雷蒙上校氣得臉色發白。他知道一切都毀了。他被迫承認說了謊。他聽見總督拔掉了他的官階。而站在他面前的這個男人就是一切的禍首。

說不定在盛怒之下，他可以殺了這個蘇洛大盜、將卡皮斯特拉諾之禍打倒在地，讓他血流成河。說不定他做到了，總督會大發慈悲。

他從椅子上跳起來，向後退到總督身旁。

「鬆開我的手腕！」他叫道，「讓我對付這條狗！」

「之前，我認爲你死不足惜；現在，你用這種字眼──你將必死無疑。」蘇洛大盜平靜地說。司令官的手腕被鬆綁了。他拔出長劍，吼了一聲、衝上前去，瘋狂攻擊大盜。

蘇洛大盜面對他的猛攻，退了幾步，取得一個良好位置，使得燭台的光線不會干擾他的視線。他很擅於劍術，也曾多次拿命與人鬥劍，所以十分清楚憤怒之人的攻擊是很危險的，因爲他們不按常規戰鬥。

他也知道，這種盛怒很快就會消磨殆盡，除非那個人馬上就很幸運地刺中對手、取得勝利。因此，他一步步後退，做好防守，避開猛烈攻擊，並且提高警覺，注意對手突如其來的動作。
總督和屋主坐在角落，傾身向前、看著這場打鬥。
「雷蒙，把他打倒，我就讓你復職，甚至升職！」閣下叫道。
司令官受到激勵，更決意打敗大盜。蘇洛大盜發現，他的對手比起先前在卡洛斯·普利多的莊園時，戰鬥能力提升不少。他發現自己被迫在一個危險的角落打鬥，左手拿著威嚇總督和屋主的手槍干擾了他。
於是，他突然把槍丟到桌上，接著轉過身來，好讓他們兩位無法從角落衝過來奪走手槍，因為如果他們這麼做，很可能會被劍刺中。於是，他堅守位置、繼續戰鬥。
雷蒙上校再也無法迫使他讓步了。他的劍這時候就像二十把劍一樣，不停來回舞動，試圖找到上校身上某處毫無防備的地方。蘇洛大盜迫切希望快點結束這場戰鬥，然後逃之夭夭。他知道天就快要亮了，十分擔心士兵會來這間宅邸，向總督報告事情。
「來啊，欺侮少女的傢伙！」他大叫，「打啊，你這說謊傷害貴族家庭的男人！快啊，膽小鬼、懦夫！死神現在正瞪著你，你就快要命喪黃泉！哈！我剛剛差點刺中你了！打啊，卑鄙小人！」
雷蒙上校一邊咒罵、一邊進攻，但是蘇洛大盜順利接招，將他逼了回去，堅守位置。上校的額頭冒出斗大的汗珠，他的呼吸變得急促，暴突的雙眼散發光芒。

「快啊，懦弱無能的傢伙！」大盜挑釁他，「這次我可不是從背後突襲。如果要說禱詞，就快說吧！你的天數將盡。」

長劍互擊的碰撞聲、地板移動的腳步聲、戰鬥雙方以及兩位觀看這場生死之鬥的人所發出的沉重呼吸聲，是房間裡唯一的聲音。總督閣下坐在椅子的前端，雙手緊抓椅子邊緣，關節都泛白了。

「幫我殺了這個大盜！」他放聲大叫，「使出你的好劍術，雷蒙！刺他！」

雷蒙上校再次衝刺，使出他最後一絲的力氣，拿出他可以掌握的技巧。他的雙臂就像鉛塊，他的呼吸十分急促。他向前刺、又往前戳，但卻犯了一個失之毫釐的錯誤。

蘇洛大盜的劍就像一條蛇，刺了進去。他向前揮舞三次，就在雷蒙的雙眼之間、濃密的眉毛之上，一個血紅的Z字突然爆血而現。

「蘇洛的記號！」大盜叫道，「司令官，現在你永遠都會帶著它！」

蘇洛大盜的表情嚴厲起來。他的長劍再度刺入，拔出來時淌著鮮血。司令官倒抽一口氣，跌到地上。

「你殺了他！」總督大叫，「你取了他的性命，你這大惡人！」

「哈！相信是取了他的性命沒錯。那一刺正中心臟，閣下。他再也不能侮辱一位女子了。」

蘇洛大盜低頭看看死去的敵人、再看了看總督，接著用綑綁司令官手腕的腰帶擦拭他的長劍。他將長劍放回劍鞘，拾起桌上的手槍。

「我今晚的任務已完成。」他說。

「你要爲此而被吊死！」閣下叫道。

「或許吧，等你抓到我再說。」卡皮斯特拉諾之禍回答，鄭重地鞠了躬。

然後，看也沒看雷蒙上校抽搐的身軀，他就走出門口、來到走廊，跑到中庭，接著來到馬兒身邊。

第三十六章　四面楚歌

他朝危險奔去。

日出時分來臨；第一道粉紅色的光芒出現在東方的天空中，太陽快速在東邊山脈上升起，廣場沐浴在燦爛的陽光下。沒有霧氣、亦無高地的濃霧，因此就連遠方山丘上的事物都輪廓分明、清晰可見。這天早晨，不是一個適合爲了生命自由而逃的早晨。

蘇洛大盜和總督與司令官耗費了太久的時間，要不就是錯判時間。他跳上了馬鞍、策馬騎出中庭，接著馬上發現自己面臨迫在眉睫的生死關頭。

佩德羅·岡薩雷斯中士和他的部隊出現在從聖蓋博回來的小路；往百樂鎮的那條路則出現另一組士兵，前一晚負責追蹤紳士們和卡洛斯，最後憤恨地放棄了；通向要塞的山丘也出現第三組人馬，是那些追逐卡塔琳娜及其救援者的士兵。蘇洛大盜發現自己已經被敵人四面包圍了。

卡皮斯特拉諾之禍刻意停下馬，思忖著眼前的危機。他看著三路士兵，衡量距離。就在那一刻，岡薩雷斯中士那組人馬之中，有人看見了他，發出警報。

他們非常熟悉那匹駿馬、那件紫色大衣、那副黑色面罩以及那頂寬邊墨西哥帽。他們看見眼前站著的這個男人，就是他們追逐了一整晚、戲弄他們、把他們當傻瓜、使他們翻山越嶺的人。他們害怕閣下及上司的震怒，所以心中充滿決心，非要在這最後一次機會抓住或殺了這個卡皮斯特拉諾之禍。

蘇洛大盜用馬刺踢一下馬兒，衝過廣場，途中看見二十來位鎮民。正當他這麼做的時候，總督和屋主衝出房子，大叫著蘇洛大盜是殺人兇手，要士兵將他拿下。土著像老鼠逃難般四散奔逃；有權有勢的男人站在原地，驚愕地看著這一幕。

蘇洛大盜穿越廣場之後，以最快的速度騎著馬直直衝向大道。岡薩雷斯中士和部隊衝上前去切斷他的行進方向，將他趕回。他們互相叫喚，手中持槍，長劍準備拔出劍鞘。只要他們此時此地解決了這個大盜，獎賞、晉升和稱心如意之情就全是他們的了。

蘇洛大盜被迫改變方向，因爲他發現自己沒辦法突破重圍。他還沒拿出腰帶上的手槍，但是已經拔出劍來，長劍就在他的右手腕附近晃蕩著，讓他可以馬上抓住劍柄、耍起劍來。

他再次穿越廣場，差一點撞倒幾個有權有勢的男人。他經過幾步之外氣沖沖的總督和屋主，穿過兩棟房屋之間，往那個方向的小山丘衝去。

他似乎還有一絲逃出敵人封鎖線的機會。他不管道路和小徑，直接穿越空曠地。部隊從兩邊飛奔而來，以很快的速度圍成尖角，希望及時包抄、再次將他趕回。

岡薩雷斯用他宏亮的嗓音喊出指令，派遣一部分士兵回到鎮上，萬一大盜回頭，便能有所準備，不讓他逃往西邊。

他來到了大道，開始往南方騎。他不想朝著這個方向，但是現在他已別無選擇。他轉個彎，一些土著的小屋擋住視野，突然之間，他停下馬來，差點從馬背跌落。

一個全新的威脅出現了。就在他面前，一匹載有騎士的馬直直朝他奔過來，大約五、六個士兵正緊追在後。

蘇洛大盜將馬轉向。他不能轉到右手邊，因爲那裡有個石欄。他的馬兒雖然跳得過去，但是石欄另一邊是鬆軟犁過的土地，他沒辦法快速穿越，士兵很有可能用槍將他打下。

他也不能轉到左手邊，因爲那裡是懸崖峭壁，他不可能安全無虞騎下斷崖。他只能轉回頭，朝著岡薩雷斯中士和那群人的方向騎，希望在他們追上前，取得幾百公尺的距離，並且發動襲擊。

他緊抓著長劍，準備應戰，知道這將會是相當驚險的嘗試。他往回看了一眼，吃驚地倒抽了一口氣。

原來，騎著馬被五、六個士兵窮追不捨的，是蘿莉塔・普利多。他還以爲她在菲利普的莊園安然無恙。她的一頭烏黑長髮在身後飄揚，小腳丫子緊貼馬腹。她彎下腰騎著馬，韁繩拉得低低的。就算在這時候，蘇洛大盜也不禁讚嘆她的騎馬技巧。

「先生！」他聽見她大叫。

接著，她來到他身邊，他們一起騎馬衝向岡薩雷斯和他的部隊。

「他們已經追我……追了好幾個小時！」她上氣不接下氣地說，「我在菲利普家……躲過他們！」

「騎近一點！不要說話浪費力氣！」他叫道。

「我的馬……就要耗盡體力……先生！」

蘇洛大盜轉頭看那匹馬一眼，看得出來牠已疲累不堪。但是，已經沒有時間去想那麼多了。後方的士兵已經拉近距離，前方的士兵造成極大威脅，才是需要好好思索的問題。

他們一起在路上飛奔著，肩併著肩，直直衝向岡薩雷斯和他的手下。蘇洛大盜看見他們掏出手槍，確定總督已經下令，無論死活都要抓到他，只要不要再讓他逃走。

現在，他騎在蘿莉塔前方幾步的距離，叫她騎在他的馬的足跡上。他將韁繩放下，握好長劍。他有兩個武器：長劍和馬匹。

然後，雙方接觸了。蘇洛大盜抓準時機將馬轉向，蘿莉塔跟在後面。他刺中了左邊的士兵，轉過身又刺中右邊的士兵。他的馬和第三位士兵的馬匹相撞，使後者撞到了中士的坐騎。

他聽見尖叫聲四起，知道那些追逐蘿莉塔的士兵撞到了其他士兵，造成一片混亂，但他們又不敢用劍，怕會刺到同伴。

然後，他穿越了他們，小姐再次騎在他的身側。他又再度回到廣場邊緣。他的馬兒已經開始略顯疲態，而他仍未拉開距離。

往聖蓋博的道路被封鎖了，往百樂鎮的路徑也是一樣，他又不能穿越鬆軟的土地，而廣場對面則有更多的士兵，無論朝哪個方向，都有人在馬鞍上等著攔截他。

「我們被抓到了！」他大叫，「但是還沒有結束，小姐！」

「我的馬踉踉蹌蹌的！」她叫道。

蘇洛大盜看見牠確實是如此。他知道這匹馬不可能再多騎一百公尺。

「去酒館！」他大叫。

他們策馬狂奔、直直穿越廣場。就在酒館門口，小姐的馬晃了一下，跌倒了。蘇洛大盜及時抱住女孩，使她免於重摔在地，然後抱著她衝進酒館裡。

「出去！」他對酒館老闆和土著僕人大喊。「出去！」他對幾個客人大叫，秀出他的手槍。他們匆匆跑出酒館，衝到廣場。

大盜將門關上，栓了起來。他看見所有的窗戶都關了起來，只有面對廣場的有開，窗板和簾幕完好無缺。他走向桌子，轉身面對蘿莉塔。

「這一切或許就要結束了。」他說。

「先生！聖人必會保佑我們的！」

「我們被敵人圍攻了，小姐。我不在乎，我會像紳士般奮戰而死。但你，小姐……」

「他們永遠不能將我再次關進監獄，先生！我發誓！我寧願和你一起死。」她從胸口拿起了剝羊皮刀，他看了一眼。

「不可以，小姐！」他大叫。

「我已經將整顆心給了你，先生。我們活要活在一起、死要死在一起！」

第三十七章　困獸之鬥

他跑到窗前，向外看了一眼。士兵正在包圍這棟建築物。他看見總督大步走過廣場，喊著指令；驕傲的亞歷山大·維加出現在聖蓋博的那條路上，打算拜訪總督。他停在廣場邊緣，詢問旁人這場混亂的起因。

「全部的人都跑來看這場好戲了。」蘇洛大盜笑著說，「不曉得那些和我一道的英勇紳士們上哪兒去了？」

「你在等他們的援助？」她問。

「沒有，小姐。如果眞是如此，他們就得一起面對總督，告訴他他們的意圖爲何。他們覺得這件事很好玩，我很懷疑他們是否認眞看待此事，願意在此刻與我並肩。我對他們沒有期待。我會孤軍奮戰。」

「有我在你身邊，你就不是獨自一人，先生。」

他緊緊擁住她，將她抱在懷中。

「但願我們還有機會。」他說，「可是，讓我的災禍去影響你的一生，你實在太傻了。小姐，你甚至沒看過我的長相。你大可忘了我。你大可走出這個地方，然後投降，告訴迪亞哥·維加你要成爲他的妻子，這樣總督就會被迫釋放你、洗清你父母所有的罪名。」

「啊！先生……」

「想想看，小姐。想想看這代表了什麼。閣下絕對不敢違抗維加家族，即便片刻也是。你的父母也能收回田產。你將成爲全國最有錢的年輕人之妻。你能擁有所有讓你自己快樂的事物……」

「擁有除了愛以外的一切事物，先生。但是沒有愛，其餘也是毫無意義。」

「想想看，小姐，然後做出一個不後悔的決定。你只剩下一點時間！」

「先生，我很久以前就已做出決定了。普利多家族的人永遠只會愛一個人而已，而且不會嫁給她不愛的人。」

「親愛的！」他叫道，再次擁她入懷。

此時，門口傳來重重的敲門聲。

「蘇洛大盜！」岡薩雷斯中士大叫。

「怎麼，先生？」蘇洛問。

「總督閣下想要跟你做個交易。」

「我在聽呢，大嗓門。」

「總督閣下並不希望讓你死，或是傷害和你一起在裡面的那位小姐。他要求你打開門，和小姐一起出來。」
「然後呢？」蘇洛大盜問。
「你會受到公平的審判，小姐也是。如此一來，你們或許能逃過一死，改用坐牢替代。」
「哈！我早已見識過總督閣下的公平審判。」蘇洛大盜回答，「你以爲我是笨蛋？」
「總督閣下吩咐我，說這是最後一次機會，而且這個交易不容改變。」
「總督閣下倒是聰明，不想浪費呼吸改變交易。他吃得這麼胖，呼吸一定非常短促。」
「除了一死，你還認爲抵抗會有什麼結局？」岡薩雷斯問，「你怎麼會覺得自己能成功逃離我們這三十人？」
「之前我就曾辦到，大嗓門。」
「我們可以破門而入，將你抓住。」
「在幾位士兵奄奄一息倒在地上後，」蘇洛大盜說，「誰會願意第一個破門而入？」
「最後一次機會……」

「進來和我喝杯酒吧。」大盜笑著說。

「天殺的肉泥和羊奶！」岡薩雷斯中士罵道。

外頭安靜了一會兒，蘇洛大盜小心翼翼看出窗外，以免引起他們開槍，並看見了總督正和中士以及一些士兵商量對策。

他們商量好了，蘇洛大盜趕緊遠離窗口。幾乎是同時間，他們開始攻門。他們扛著笨重的木頭撞擊之，試圖撞破它。蘇洛大盜站在房間中央，手槍瞄準門口、射了一槍。子彈穿透木門，外頭傳來痛苦的哀嚎。他衝到桌子旁，再次裝彈。

接著，他跑到門邊，仔細看了看子彈穿透的小洞。那片木板已經裂開，出現一個不小的裂縫。蘇洛大盜將劍尖放在裂縫中，等待時機。

木頭再次撞擊大門，某位士兵甚至整個身子往大門撞。蘇洛大盜的長劍像道閃電穿過裂縫，拔回來時，劍身帶血，外頭再次傳來一聲尖叫。此時，許多子彈齊發、穿越木門，但是蘇洛大盜已經跳到安全範圍之內，哈哈大笑。

「做得好，先生！」蘿莉塔大叫。

「被抓到前，我們少說也要在幾隻獵犬身上，留下我們的記號。」他回答。

「但願我也能幫你，先生。」

「你已經在幫我了，小姐。是你的愛給我力量。」

「要是我會用劍……」

「啊，小姐，那是男人才能做的事。你可以祈禱一切順利。」

「先生，如果到最後我們喪失所有希望，你是否能讓我瞧瞧你的臉龐？」

「我向你發誓，小姐。我會緊緊抱著你，我們將會互相擁吻。這樣一來，死亡就不會那麼痛苦了。」

攻門行動再次展開。現在，子彈也開始不停射進來，唯一一扇開著的窗戶亦有子彈射穿。蘇洛大盜什麼也不能做，只能站在房間中央等待，手裡拿著長劍。他答應她，當門被攻下、士兵衝向他時，他將奮力戰鬥數分鐘。

大門似乎就要突破。小姐緊挨在他身旁，淚水滑下臉頰，緊緊抓著他的手臂。

「你不會忘了這一切吧？」她問。

「我不會忘記，小姐。」

「在他們衝破大門前，先生，緊緊抱著我，讓我看看你心愛的臉龐，然後吻我。這樣一來，我就能夠快樂死去。」

「你要活下去……」

「先生，我不要被送到那個可怕的監獄。沒有你，人生有何意義？」

「還有迪亞哥呀……」

「先生，我心裡只有你一個人。我們普利多家族的人，知道要用何種方式死去。而且，我的死或許能讓人們了解到，總督是個背信忘義之人。我的死或許還有點用處。」

木頭又再一次撞擊大門。他們聽見閣下大聲激勵士兵、士著大叫、岡薩雷斯中士吼著指令的各種聲音。

蘇洛大盜又匆匆跑到窗邊，冒著被子彈打中的危險，往外看了一眼。他看見五、六個士兵手裡握著劍，準備好在大門被攻破的那一瞬間破門而入。他們就要抓到他了，但是他要先打倒幾個人再說！大門再次受到撞擊。

「一切就快要結束了，先生。」女孩悄聲說道。

「我知道，小姐。」

「但願我們能夠有更好的未來，不過我還是能快樂赴死，因爲這份愛曾來過我的生命。就是現在，先生……你的臉龐和親吻。大門……要撞開了！」

她不再哭泣，而是勇敢地抬起頭來。蘇洛大盜嘆了口氣，一隻手摸索著面罩下緣。但是，突然之間，廣場上出現一片騷動聲。攻門行動停止了，他們聽見先前沒聽過的噪音。

蘇洛大盜放開面罩，衝到窗邊。

第三十八章　面罩之下

二十三位騎士正策馬來到廣場上。他們騎著優良駿馬、馬鞍和馬勒刻著大量銀飾、大衣質料絕佳、帽子插著華麗羽毛，彷彿這是一場華服比賽，他們希望讓全世界知道。每位騎士在馬鞍上直挺挺地坐著，十分自傲；他們長劍在側，劍柄鑲有珠寶，可供使用，亦是華麗裝飾。

他們沿著酒館門面而騎，騎在大門和攻門士兵之間，騎在酒館和總督、圍聚在旁的鎮民之間。然後，他們將馬轉向，一匹一匹列隊排開，面對總督閣下。

「等等！還有更好的辦法！」他們之中的領袖大叫。

「哈！」總督尖聲叫道，「我懂了。南方所有高貴家族的年輕紳士全都來了。他們想要拿下這個卡皮斯特拉諾之禍，表示忠誠。謝謝你們，諸位紳士。然而，我不希望你們之中有任何人被這傢伙殺死。各位先生，他不值得你們揮劍。還請你們騎到一邊，讓你們的存在賦予士兵力量，讓我的士兵們對付這個混帳。我要再次向你們所展現的忠誠表達謝意，感謝你們出面支持法律與秩序，支持當權……」

「安靜！」領袖大叫，「閣下，我們代表了這地區的權威人物，對吧？」

「沒錯啊，紳士們。」總督說。

「我們的家族有權決定統治者，並定義公正的法律，對吧？」

「你們的影響力確實很大。」總督說。

「你不會想要違抗我們？」

「當然絕對不想！」閣下大叫，「但我請求你們，讓士兵來抓那個傢伙。一位紳士絕不可以被他的劍傷害或殺死。」

「真遺憾你不明白我所說的。」

「明白？」總督帶著疑問的口吻問道，來回看著這排騎士。

「閣下，我們已經討論過了。我們十分清楚自己的力量和權力，並且已決定好某些事情。最近發生許多我們無法認同的事情。

「官員劫掠了傳教站的修士；土著的待遇比狗還要不如；就連血統高貴的男人也被掠奪家產，只因他們和當權不合。」

「我的好紳士……」

「安靜，閣下，請讓我講完。當你下令將一位貴族紳士及其妻女關進大牢時，一切不公到達顛峰。這種事情絕不能被容許，閣下，所以我們團結起來，決定插手。就讓大家知道，我們就是和蘇洛大盜一起入侵監獄、拯救囚犯的紳士，我們帶著卡洛斯和卡塔琳娜到安全之處，並以我們的信用、榮譽與長劍起誓，絕不會讓他們再受迫害。」

「我覺得……」

「閉嘴，請讓我講完！我們團結一心，背後有著這些家族團結的力量。你要是敢，就叫你的士兵攻擊我們！皇家大道上上下下每個具有高貴血統的男子都會前來保衛我們，都會將你逐出總督之職，看你權威盡失。我們等著你的回答，閣下。」

「你們……你們想要什麼？」總督閣下倒抽了一口氣。

「首先，好好對待卡洛斯‧普利多和他的家人。不要關進大牢。倘若你敢將他們以叛國定罪，我們肯定會在審判之時插手，對付那些做僞證者，或者沒有善盡職責的法官。閣下，我們心意已決。」

「或許，我處理此事是心急了點，但那是因爲有人意圖使我錯判某些事。」總督說，「我會實現你們的希望。現在，請到旁邊去，各位紳士，讓我的手下抓住酒館裡的那個混帳。」

「我們還沒說完。」領袖說，「我們要說說關於這位蘇洛大盜的事情。閣下，他到底做了什麼呢？他眞有做出任何叛國之舉嗎？他沒有搶劫任何人，除了某些傢伙，因爲是他們先搶劫手無縛雞之力的人們；他鞭打了一些不公不義的傢伙；他與受迫害者站在一起，我們十分敬重他。爲了做到這些事情，他冒生命危險親自去做。他成功逃出你的士兵們；他反對侮辱女性的舉動——這是每個人都有權利起身反對的。」

「你們想要什麼？」
「馬上無罪釋放蘇洛大盜。」
「不可能！」總督叫道，「他公然冒犯了我，應該命喪黃泉！」他轉過頭，看見亞歷山大・維加站在旁邊。「亞歷山大，你是南方地帶最有影響力的人。」他說，「你是唯一一個就連總督也不敢違抗的人。你爲人公正不阿。請告訴這些年輕紳士，他們的願望不能實現。叫他們回到家裡，我就能原諒這個叛國之舉。」
「我支持他們！」亞歷山大吼道。
「你……你支持他們？」
「沒錯，閣下。我附和他們在你面前所說的每一句話。迫害必須停止。答應他們的要求，確保你的軍官從此以後做出對的事，回到聖方濟各，那麼我就發誓南方再也不會發生任何叛國行爲。我向你保證。但是，如果你拒絕他們，閣下，我將起身反抗你、看著你被趕下台，人生徹底毀滅，你的那些跟屁蟲也一樣。」
「這眞是可怕又執拗的南方地帶！」總督大叫。
「你的答案？」亞歷山大質問。
「除了同意，又能怎樣。」總督說，「但是還有一件事……」
「還有！」

「如果這個傢伙投降，我就饒他不死，但他得為謀殺雷蒙上校接受審判。」

「謀殺？」眾位紳士的領袖問道，「閣下，這是兩位紳士的決鬥。蘇洛大盜只是反對司令官對一位小姐的欺侮。」

「哈！但雷蒙可是一位紳士……」

「蘇洛大盜也是。他是這麼告訴我們的，我們也相信他，因為他的口氣十分真誠。所以，這是一場決鬥，閣下，紳士之間的決鬥，並且按照常規進行。雷蒙上校很不幸地劍術較差。明白了嗎？你的回答？」

「我答應就是了。」總督虛弱地說，「我會赦免他，並回到聖方濟各，停止對這個地區的迫害。但是我也記得亞歷山大的承諾——只要我做到這些事，就不會再有叛國人士反抗我。」

「我向你保證。」亞歷山大說。

紳士們開心地大叫，並下了馬。他們趕開門口的士兵，岡薩雷斯中士的喉嚨發出一聲低吼，因為白花花的賞金就這樣消失了。

「蘇洛大盜！」其中一個人喊，「你全聽見了嗎？」

「全聽見了，紳士！」

「開門出來，和我們站在一起！你自由了！」

酒館裡頭沉默片刻，接著，破爛的大門被移開門閂，打開了。蘇洛大盜擁著小姐，走了出來。他在門口停下腳步，取下墨西哥帽，深深鞠了一躬。

「你們好，各位紳士！」他叫道，「中士，很抱歉你丟了賞金，但是我答應你，我會付清你和你的手下欠酒館老闆的酒錢。」

「我的老天，他眞的是一位紳士！」岡薩雷斯叫道。

「脫下面罩！」總督大叫，「我要看看這個戲弄我的部隊、招募眾多紳士、逼我做出讓步的傢伙，長得什麼模樣。」

「你看見我的長相時，恐怕會大失所望。」蘇洛大盜回答，「難道你覺得我長得像撒旦？還是你以爲我有一張天使的臉孔？」

他輕笑了一聲，望著蘿莉塔，然後舉起手，掀開面罩。

這個舉動引起眾人齊聲驚叫：幾個士兵發出震耳欲聾的咒罵，紳士們高興得大叫，現場唯一一位老紳士發出了混雜驕傲和喜悅的叫聲。

「迪亞哥，我的兒子，我的兒子啊！」

他們眼前這名男子似乎瞬間變得垂頭喪氣，他嘆了一口氣，無精打采地說：

「這個時局混亂的年代啊！難道沒有人可以好好吟詩作賦？」

迪亞哥・維加，也就是卡皮斯特拉諾之禍，被父親大力抱了一下。

第三十九章 「天殺的肉泥和羊奶！」

他們全都湧上前來——士兵、土著、紳士全都圍繞著迪亞哥．維加，以及緊緊抓住他手臂、帶著驕傲而閃爍的眼神看著他的蘿莉塔。

「解釋！解釋！」他們大叫。

「一切都始於十年前，當我還是個十五歲的小毛頭時。」他說，「我聽說了許多迫害事蹟，看見我的朋友——修士們，受到騷擾和劫掠。我還看到有個士兵毒打一位老土著，是我的朋友。所以，我下定決心要進行這個活動。

「我知道這會是一個非常困難的事情。所以我假裝對人生毫無興趣，這樣大家就不會將我和那位我想變成的大盜聯想在一起。我偷偷練習馬術、學習如何用劍……」

「我的老天，他真的做到了。」岡薩雷斯中士低吼。

「一半的我是你們都認識的那位無生氣的迪亞哥；一半的我是有朝一日我想成爲的卡皮斯特拉諾之禍。後來，時機成熟了，我開始活動。

「各位先生，這件事情很難解釋。每當我一穿上大衣和面罩，迪亞哥那部分的我就消失了。我的身體挺直起來，血管流過嶄新血液，聲音變得強而有力，全身燃燒熊熊烈火！但是，我一脫下大衣和面罩，卻又變成那位沒精打采的迪亞哥。這不是很奇特嗎？

「我和岡薩雷斯中士交朋友，是有目的的。」

「哈！我可以猜到他的目的，各位紳士！」岡薩雷斯大叫，「每次提到這個蘇洛大盜，你就說你很累，不想聽見暴力和血腥，但卻總是問我要和部隊朝哪個方向追，然後你就往另一個方向，去做你那要命的事情。」

「你眞是會猜啊，」迪亞哥笑著說，周遭的人也笑了起來。「我甚至還和你鬥劍，這樣你就不會猜到我是蘇洛大盜。你還記得在酒館裡，下著雨的那一晚？我聽著你吹牛，跑出去換上了大衣和面罩，進到酒館和你打鬥，逃跑之後，脫掉面罩和大衣，然後再回去和你說說笑笑。」

「哈！」

「我以迪亞哥的身分去拜訪普利多莊園，不久後再以蘇洛大盜的身分回來，和這位小姐說話。中士，你差點就抓到我了，在菲利普家中那晚——我是說，第一晚。」

「哈！你在那裡還告訴我，你沒有看見蘇洛大盜。」

「我的確沒有呀。修士那並可沒有鏡子，因爲他認爲那是虛榮的表現。其他事情也沒什麼困難的。所以你們可以輕易猜到，身爲蘇洛大盜，爲何我會在司令官侮辱小姐的時候，恰巧在鎭上自己的房子裡。

「小姐一定要原諒我的欺瞞。我以迪亞哥的身分向她求愛，但是她不領情；接著我試著以蘇洛大盜的身分求愛，老天慈悲，她給了我她的愛。

「或許這麼做也有些好處。她拒絕了迪亞哥·維加的財富，接受她所愛的男人，雖然她當時以爲他是個亡命之徒。

「她對我展現了眞心，我很開心。總督閣下，這位小姐就要成爲我的妻子，我想你在騷擾她的家庭之前，應該會三思而後行。」

總督閣下伸出雙手，表示莫可奈何。

「要耍你們所有人可不容易，但我還是做到了。」迪亞哥說下去，「唯有多年來的練習才能讓我做到這一點。現在，蘇洛大盜將不會再活動，因爲已經沒有必要。此外，有家室的人也該好好珍惜生命。」

「我是嫁給什麼樣的男人啦？」蘿莉塔問，臉紅了起來，因爲大家都聽見她說的話了。

「你是愛上什麼樣的男人啦？」

「我還以爲自己愛上了蘇洛大盜，但我現在才發現自己竟然兩個都愛。」她說，「這不是很丟臉嗎？但是，我寧願嫁給蘇洛大盜，也不要那個我以前認識的迪亞哥。」

「我們會想出折衷之道的。」他笑著回答，「我會放下過去那種沒生氣的樣子，慢慢變成你所喜歡的男人。人們會說，是婚姻讓我成爲一個眞男人。」

他彎下腰，在眾人面前親吻她。

「天殺的肉泥和羊奶！」岡薩雷斯中士破口大罵。

國家圖書館出版品預行編目資料

蒙面俠蘇洛 / 強斯頓・麥卡利著；羅亞琪譯. —— 初版 —— 臺中市：好讀, 2015.06 面：　公分，——（典藏經典；74）
ISBN 978-986-178-355-0（平裝）
874.57　　　　　　　　104006215

好讀出版

典藏經典74

蒙面俠蘇洛

Zorro：The Curse Of Capistrano

作者／強斯頓・麥卡利（Johnston McCulley）
翻譯／羅亞琪
總編輯／鄧茵茵
文字編輯／莊銘桓
發行所／好讀出版有限公司
台中市407西屯區何厝里19鄰大有街13號
TEL:04-23157795　FAX:04-23144188
http://howdo.morningstar.com.tw
（如對本書編輯或內容有意見，請來電或上網告訴我們）
法律顧問／陳思成律師

戶名：知己圖書股份有限公司
劃撥專線：15062393
服務專線：04-23595819轉230
傳眞專線：04-23597123
E-mail：service@morningstar.com.tw
如需詳細出版書目、訂書、歡迎洽詢
晨星網路書店 http://www.morningstar.com.tw

印刷／上好印刷股份有限公司 TEL:04-23150280
初版／2015年6月15日
定價／280元
如有破損或裝訂錯誤，請寄回台中市407工業區30路1號更換（好讀倉儲部收）

Published by How Do Publishing Co., LTD.
2015 Printed in Taiwan
ISBN 978-986-178-355-0

讀者回函

只要寄回本回函，就能不定時收到晨星出版集團最新電子報及相關優惠活動訊息，並有機會參加抽獎，獲得贈書。因此有電子信箱的讀者，千萬別吝於寫上你的信箱地址

書名：蒙面俠蘇洛

姓名：＿＿＿＿＿＿＿ 性別：□男 □女 生日：＿＿ 年 ＿＿ 月 ＿＿ 日

教育程度：＿＿＿＿＿＿＿＿＿＿＿＿＿＿

職業：□學生 □教師 □一般職員 □企業主管
□家庭主婦 □自由業 □醫護 □軍警 □其他＿＿＿＿＿

電子郵件信箱（e-mail）：＿＿＿＿＿＿＿＿＿＿＿ 電話：＿＿＿＿＿＿＿

聯絡地址：□□□ ＿＿＿＿＿＿＿＿＿＿＿＿＿＿＿＿＿＿＿＿

你怎麼發現這本書的？

□書店 □網路書店（哪一個？）＿＿＿＿＿＿＿＿ □朋友推薦 □學校選書
□報章雜誌報導 □其他＿＿＿＿＿＿＿＿＿＿＿＿＿＿＿＿

買這本書的原因是：＿＿＿＿＿＿＿＿＿＿＿＿＿＿＿＿＿＿＿

□內容題材深得我心 □價格便宜 □面與內頁設計很優 □其他＿＿＿＿＿

你對這本書還有其他意見嗎？請通通告訴我們：

＿＿＿＿＿＿＿＿＿＿＿＿＿＿＿＿＿＿＿＿＿＿＿＿＿＿＿＿＿＿

你買過幾本好讀的書？（不包括現在這一本）

□沒買過 □1～5本 □6～10本 □11～20本 □太多了

你希望能如何得到更多好讀的出版訊息？

□常寄電子報 □網站常常更新 □常在報章雜誌上看到好讀新書消息
□我有更棒的想法＿＿＿＿＿＿＿＿＿＿＿＿＿＿＿＿＿＿＿

最後請推薦五個閱讀同好的姓名與E-mail，讓他們也能收到好讀的近期書訊：

1. ＿＿＿＿＿＿＿＿＿＿＿＿＿＿＿＿＿＿＿＿＿＿＿＿＿＿
2. ＿＿＿＿＿＿＿＿＿＿＿＿＿＿＿＿＿＿＿＿＿＿＿＿＿＿
3. ＿＿＿＿＿＿＿＿＿＿＿＿＿＿＿＿＿＿＿＿＿＿＿＿＿＿
4. ＿＿＿＿＿＿＿＿＿＿＿＿＿＿＿＿＿＿＿＿＿＿＿＿＿＿
5. ＿＿＿＿＿＿＿＿＿＿＿＿＿＿＿＿＿＿＿＿＿＿＿＿＿＿

我們確實接收到你對好讀的心意了，再次感謝你抽空填寫這份回函
請有空時上網或來信與我們交換意見，好讀出版有限公司編輯部同仁感謝你！
好讀的部落格：http://howdo.morningstar.com.tw/
好讀的臉書粉絲團：http://www.facebook.com/howdobooks

請填妥後對折黏貼，直接投郵即可，無須貼郵票。

廣告回函
臺灣中區郵政管理局
登記證第3877號
免貼郵票

好讀出版有限公司　編輯部收

407 台中市西屯區何厝里大有街13號
電話：04-23157795-6　傳真：04-23144188

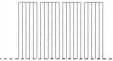

沿虛線對折

購買好讀出版書籍的方法：

一、先請你上晨星網路書店http://www.morningstar.com.tw檢索書目或直接在網上購買

二、以郵政劃撥購書：帳號15060393 戶名：知己圖書股份有限公司並在通信欄中註明你想買的書名與數量

三、大量訂購者可直接以客服專線洽詢，有專人爲您服務：
客服專線：04-23595819轉230 傳眞：04-23597123

四、客服信箱：service@morningstar.com.tw